U0609314

共和国故事

东方之珠

——广东大亚湾核电站开工建设

马 夫 编写

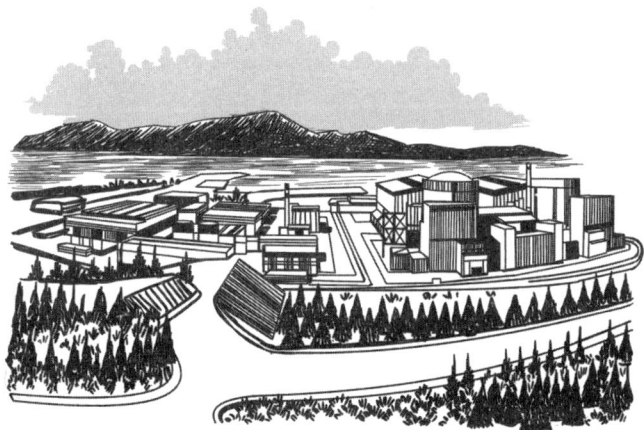

吉林出版集团股份有限公司

图书在版编目（CIP）数据

东方之珠：广东大亚湾核电站开工建设/马夫编. —

长春：吉林出版集团股份有限公司，2009.12

（共和国故事）

ISBN 978-7-5463-1828-8

Ⅰ．①东… Ⅱ．①马… Ⅲ．①纪实文学–中国–当代 Ⅳ．①I25

中国版本图书馆 CIP 数据核字（2009）第 233745 号

东方之珠——广东大亚湾核电站开工建设

DONGFANG ZHI ZHU　　GUANGDONG DAYAWAN HEDIANZHAN KAIGONG JIANSHE

编写　马夫

责任编辑　祖航　李娇　王贝尔

出版发行　吉林出版集团股份有限公司

印刷　三河市嵩川印刷有限公司

版次　2010 年 1 月第 1 版　　　　2022 年 1 月第 12 次印刷

开本　710mm×1000mm　1/16　　　印张　8　字数　69 千

书号　ISBN 978-7-5463-1828-8　　定价　29.80 元

社址　吉林省长春市福祉大路 5788 号

电话　0431 – 81629968

电子邮箱　tuzi8818@126.com

版权所有　翻印必究

如有印装质量问题，请寄本社退换

前　言

　　自 1949 年 10 月 1 日中华人民共和国成立至今,新中国已走过了 60 年的风雨历程。历史是一面镜子,我们可以从多视角、多侧面对其进行解读。然而有一点是可以肯定的,那就是,半个多世纪以来,在中国共产党的领导下,中国的政治、经济、军事、外交、文化、教育、科技、社会、民生等领域,都发生了深刻的变化,中国人民站起来了,中华民族已屹立于世界民族之林。

　　60 年是短暂的,但这 60 年带给中国的却是极不平凡的。60 年的神州大地经历了沧桑巨变。从开国大典到 60 年国庆盛典,从经济战线上的三大战役到经济总量居世界第三位,从对农业、手工业、资本主义工商业的三大改造到社会主义市场经济体制的基本确立,从宜将剩勇追穷寇到建立了强大的国防军,从废除一切不平等条约到独立自主的和平外交政策,从"双百"方针到体制改革后的文化事业欣欣向荣,从扫除文盲到实施科教兴国战略建设新型国家,从翻身解放到实现小康社会,凡此种种,中国人民在每个领域无不留下发展的足迹,写就不朽的诗篇。

　　60 年的时间在历史的长河中可谓沧海一粟。其间究竟发生了些什么,怎样发生的,过程怎样,结果如何,却非人人都清楚知道的。对此,亲身经历者或可鲜活如昨,但对后来者来说却可能只是一个概念，对某段历史的记忆影像或不存在，或是模糊的。基于此，为了让年轻人，特别是青少年永远铭记共和国这段不朽的历史，我们推出了这套《共和国故事》。

《共和国故事》虽为故事，但却与戏说无关，我们不过是想借助通俗、富于感染力的文字记录这段历史。在丛书的谋篇布局上，我们尽量选取各个时代具有代表性或深具普遍意义的若干事件加以叙述，使其能反映共和国发展的全景和脉络。为了使题目的设置不至于因大而空，我们着眼于每一重大历史事件的缘起、过程、结局、时间、地点、人物等，抓住点滴和些许小事，力求通透。

历史是复杂的，事态的发展因素也是多方面的。由于叙述者的视角、文化构成不同，对事件的认知或有不足，但这不会影响我们对整个历史事件的判断和思考，至于它能否清晰地表达出我们编辑这套书的本意，那只能交给读者去评判了。

这套丛书可谓是一部书写红色记忆的读物，它对于了解共和国的历史、中国共产党的英明领导和中国人民的伟大实践都是不可或缺的。同时，这套丛书又是一套普及性读物，既针对重点阅读人群，也适宜在全民中推广。相信它必将在我国开展的全民阅读活动中发挥大的作用，成为装备中小学图书馆、农家书屋、社区书屋、机关及企事业单位职工图书室、连队图书室等的重点选择对象。

编　者

2010 年 1 月

一、 中央决策

● 英国首相撒切尔表示，广东核电站的电要进入到香港市场，必须买英国的核电设备，而且还说："多买多支持，少买少支持，不买不支持。"

● 周恩来指示二机部即前核工业部的有关领导说："核工业部不应该只是爆炸部，要和平利用核能，搞核电站。"

● 考虑到向香港供电的实际需求，审定小组最终决定："将核电站的厂址确定在大亚湾大鹏半岛的大鹏湾畔麻岭角。"

粤港合资兴建核电站

1979 年春天，我国开始改革开放，广东作为我国的南大门，率先开始进行改革的试点。作为开放的前沿阵地，广东首先面临的一个问题是电力、交通等基础设施十分薄弱。

当时，广东每天要从香港进口电力 100 万千瓦时，进口的电费高达 8600 万港元。而在 20 世纪 70 年代初的香港，电价也随世界石油价格的暴涨而上升了 55%，为两地经济的发展带来很大的阻力。

为此，在研究如何解决电力紧张的问题时，广东电力局提出：

发展核电是一条切实可行的出路。

那么，广东电力局领导为什么偏爱发展核电呢？因为他们心里很清楚，我国能源当时的状况是：水利资源的 70% 分布在西南地区，煤炭资源的 60% 分布在华北地区，而且集中在内蒙古、山西等地。

而人口集中、工业发达的华南、华东和东北地区，能源储量只占 16%，能源分布不均匀导致这些地区能源严重缺乏。

另外，建设一座 1000 万千瓦的核电站，每年可以少消耗约 3000 万吨煤，减少 7000 万吨二氧化碳的排放。所以，发展核电是大势所趋。

早在 1951 年 12 月 20 日，美国人的一个反应堆点亮了 4 个灯泡，此后，苏联也建成了世界第一个 5000 千瓦的核发电站。

截至 1979 年，世界上有几十个国家和地区建成了核电站，几百座核电站也投入了商业性运营。

当时，我国的"728"核电站工程也于不久之前立项，并在选址论证过程中。

中国是世界上 6 个老资格核大国之一。但是，我国和平利用核能时间比较短，核电站建设还处于摸索发展阶段，还有很长的路要走。

世界上许多发达国家如美国、法国等的核电站建设积累了丰富的经验，取得了很大成功，还有核电站事故的教训，这些都为我国发展核电站提供了良好的借鉴。

针对这种情形，广东电力局会同中国核电集团，开始了谋求解决广东电力严峻形势的道路。

1979 年 10 月，在广东省委大院，几辆轿车缓缓地停在办公大楼前。水电部核电局局长金实邃、副局长邓致逖带着总工程师等一行，打开车门，步入门厅。

几天前，他们受水电部委派从北京赶到广州，和广东省协商兴建核电站事宜。

广东省电力局局长师兆祥、副局长陈岗热情接待，并将他们的来意向省领导做了汇报。

此前，金实蘐把副总工程师徐允骅、龚远达和综合处处长王秀澄请来商量，他们提出了一个"借钱买鸡，借鸡生蛋，卖蛋还钱"的方案，即借外国人的钱在广东建个核电站，再向香港卖电还钱。

这个方案得到了当时水电部王林、张彬副部长等的大力支持。水电部决定：

由核电局出面与广东省协商办核电站。

在会上，听完金实蘐的介绍，广东省委书记王全国说："看来，大家是不谋而合呀！我在广东工作20多年了，我觉得，广东有个其他地区无法替代的优越条件，就是毗邻港澳，可以引进外资，向港澳市场出口电力，取得外汇再偿还贷款。"

王全国接着说："最近，省委已研究同香港合作办核电站的意向，并派电力局陈岗副局长赴港和香港中华电力公司作试探性的接触，他们反映很积极。不足之处是，总感到势单力薄，现在好了，有中央部门的支持合作，我相信，这件事一定能办成！"

就在这次会上，双方协商决定：以广东省为主，水电部核电局大力支持，开展广东核电站的前期准备工作。

为此，广东省电力局成立核电筹建处，调黄埔电厂总工程师沈健生任核电筹建处主任。接下来的任务是，尽快确定与香港合作的伙伴，研究未来的合作方式。

香港中华电力公司曾于1974年邀请国际专业机构，研究在香港建设核电站的可行性，但香港并不具备发核电的条件。

在得知广东拟建核电站的消息后，香港中华电力公司董事局主席嘉道理立即赶到广州，讨论粤港合作兴建核电站的问题，为解决两地能源问题促进双方的合作。

广东省电力局和香港中华电力公司在广州就合作在广东建设核电站召开第一次会议。

广东省电力局核电站筹建处成立，可行性研究工作开始。不久，可行性研究报告完成。

粤港双方各自聘请国际核电专家当顾问，经过一年时间编制的《广东省核电站经济技术可行性研究报告》正式签字。

1981年5月27日，《广东省核电站经济技术可行性研究报告》论证会在北京科学大会堂会议室举行，国务院委托相关部委主持召开11个部委和专家会议，审查了可行性研究报告。

来自国家计委、进出口委员会、能源委员会、水电部、核工业部、国防科工委等部委的负责人和500多位专家学者参加。

论证分成7个专题组进行。6个专题组的议题经过认真答辩顺利完成审定，只有经济组的论证针锋相对。

有人提出，新中国成立以来，我国一直走自力更生发展工业的道路，应当自己建造核电站，为什么要花钱向国外买呢？

也有人提出，我们建好核电站后的大部分电力输往香港，而把核风险留给自己，这种做法很难理解。

还有人提出，建核电站所需的 40 亿美元外汇怎么还？能否还成？港方的我方的利益会不会受到损害？

还有人主张，应该先搞自主设计的 30 万千瓦的秦山核电站。

论证会后，中央要求，广东核电站项目继续调查研究，补充材料后报国务院审查。

随后，广东省的代表团去北京跑了三四趟，但每次去都是一场大辩论。

与此同时，广东电力局和香港中华电力公司在合营谈判之际，受中英香港问题谈判的影响，香港中华电力公司暂时出现一些不稳定现象。

而此前在核电站项目的可行性报告中已达成的合营条件，又遇到了新的困难和阻力。

在谈判过程中，英国首相撒切尔表示，广东核电站的电要进入到香港市场，必须买英国的核电设备，而且还说：

多买多支持，少买少支持，不买不支持。

于是，我方的核电技术专家提出：

我们全套采用法国压水堆技术是无疑的，
但可以考虑购买英国的火电站设备加以弥补。

英方不同意这个提议，而我方的核电专家也不赞成
"英法核电技术混血"的做法。

谈判一时陷入僵局。

最后，时任国务院副总理的李鹏拍板决定：

核电站所需的常规汽轮机购买英国的设备，
而主要的核岛设备由法国进口。

但为了降低引进风险，中方还决定：英国制造汽轮机的全过程，中国要派专家监督。

就这样，经历一番波折之后，粤港的合营谈判终于顺利进行。

1983年4月7日，国家计委批复广东核电站规划选厂联合报告。6月1日，广东核电投资有限公司成立。7月15日，确定广东核电站厂址在大鹏半岛大亚湾侧的麻岭角。

同年8月18日，广东核电投资有限公司登记注册。之后，历时两年复杂而艰巨的合营谈判开始了。核电站的核岛设备、常规岛设备供应和工程服务三大合同，以及法、英出口信贷协议的谈判，也在艰难进行当中。

1984 年 1 月，邓小平视察深圳，指示深圳要办好两件事：

建好深圳大学和大亚湾核电站。

12 月 30 日，《广东核电合营合同》在深圳召开的国务院核电领导小组会议上获得通过。

1985 年 1 月 18 日，由广东核电投资有限公司和香港核电投资有限公司合资建设、经营大亚湾核电站的合营合同在北京签署。邓小平会见了参加合营合同签字仪式的双方代表。

随后，广东核电合营有限公司注册成立，广东核电合营有限公司也在深圳揭牌。注册资本 4 亿美元，我方占 75% 股份，港方占 25%，合营期为第二台机组投产后的 20 年。

1986 年 9 月 23 日，广东大亚湾核电站与法、英两国的三大合同和贷款协议正式签订，10 月 7 日正式生效。

就这样，粤港合资兴建大亚湾核电站的序幕拉开了。

决定引进法国核技术

1982 年 12 月，国务院批准了广东省建设核电站的可行性报告。同时决定：

> 主要通过法国的技术转让，走压力堆的技术路线，百万千瓦级高起点，适度发展中国的核电事业。

其实，这短短的几行字，却包含了大亚湾核电站背后"全资引进"的许多故事。

要了解大亚湾核电站，就不得不提起秦山核电站。这是因为，在当时的环境中，这两座核电站是先后开工的。而且，虽然它们建设方式大有不同，但是，这种不同却互为因果。

它们建设方式在于：秦山核电站是我国"独立自主"发展起来的第一座核电站，而大亚湾核电站又将是我国"合资引进"的第一座核电站。

所以说，大亚湾核电站的建设，走的是一条与秦山核电站建设不同的路子。

说它们互为因果，就需要从我国的核电发展历程说起。

早在 1964 年 10 月 16 日，我国第一颗原子弹爆炸成功后不久，周恩来指示二机部即前核工业部的有关领导说：

核工业部不应该只是爆炸部，要和平利用核能，搞核电站。

1970 年 2 月 8 日，周恩来在听取上海市关于缺电的情况汇报后说：

从长远看，要解决上海的华东用电问题，要靠核电。

因为周恩来知道，根据国外有关的权威资料表明，全世界石油的储藏量，按目前的消费水平来估算，大约 30 年就将用完；全世界煤炭的储藏量，按目前的消费水平来估算，大约一百年也将用完。

而且，大规模的烧煤发电，排放二氧化碳形成的酸雨和温室效应，也将会使地球的生态平衡失调，气候异常。所以，周恩来知道，我国不发展新型的清洁能源是不行的。

在会上，周恩来亲自制定了我国发展核电的原则：

安全、实用、经济、自力更生。

随后，上海市委根据周恩来的指示，筹建了"728"工程设计院，即上海核工程研究设计院。

"728"，即周恩来首次提议我国搞核电站的日子。从那时起，我国核电建设事业正式拉开了序幕。

此后，因为当时正处在"特殊时期"，"728"工程没有实质性的进展。

1976年后，我国核电建设事业重新被提上议事日程。但是，核电站的"心脏"，即核反应堆是选择"熔盐堆型技术"还是选择"压水堆型技术"，再就是我国的核电站技术是靠"自力更生"，还是靠"全资引进"，相关部门一直争论不休。

1977年，中法两国政府达成了一项水电技术方面合作的协议。在这个协议中，法国承诺提供贷款，与中国开展经济技术合作，其中包括支援我国建设一座核电站。

随后，经国务院批准，从法国引进了两套90万千瓦机组的核电站全套技术。

国务院的这一决定，再一次引发了我国的核电站技术是靠"自力更生"，还是靠"全资引进"的争论。

反对"自力更生"的一方认为，纵观世界核电技术的发展，我国再搞30万千瓦核电站的意义不大，应以国际先进技术为起点，没有必要一步一步地从头搞起。

他们还认为，发展核电从90万千瓦搞起，这样可以避免浪费，加快步伐，争取时间。不如用"728"工程的这笔资金来搞核燃料的浓缩加工和勘探。

因此，一机部有关人员于 1978 年 8 月正式提出：停建"728"工程。

支持"自力更生"的二机部则认为："'728'方案自 1970 年提出以后，我国有关部门在科研、设计、设备制造上已经做了大量工作，而且国家批准的数亿科研经费，已花去了将近三分之一，岂有轻易下马之理？

"何况，在此之前，二机部为我国导弹核潜艇研制核动力陆上模拟堆时，已经积累了相当丰富的核动力反应堆的经验呢！

"更何况早在 1974 年 3 月，周恩来就明确指出：我国掌握核电技术的目的大于发电。"

意见双方，一时间谁也无法说服谁。

1979 年 1 月，国务院副总理薄一波、谷牧出面就建设核电站的有关事宜协调各方意见。

会议最后的表决是：一机部、水电部、国家建委主张"728"工程下马；而国防科委、二机部、国家计委坚持继续"自力更生"干下去。

因此，"自力更生"和"全资引进"事宜，都暂时搁置下来。

同年 2 月，邓小平批示道：

核电事宜由二机部抓总。

虽然争论仍在继续，但这也算是中央的一个结论性的表态。

因此，二机部在接受授权后，便会同国防科委、机械委、化工部、中财委、国家科委、国家能委、上海市，再一次展开了我国"自力更生"建设核电站的事业。

二机部副部长、核物理学家王淦昌，在1980年10月20日写给张爱萍和其他中央领导同志的信中说：

> 正确的核电引进政策不应该是全套进口，而应该在实现技术转让的前提下引进关键设备和特殊材料。
>
> 引进的主要目的不是引进电力生产能力，而是引进核电技术，最终建立自己的核电工业体系。

在这封信中，王淦昌还直截了当地说：

> 我认为这一重大工程依赖全资引进的决策是欠妥的。

"百鸟在林，不如一鸟在手。"建设"728"原型堆核电站，对于掌握核电技术，培养自己的核电建设队伍，消化、吸收国外的核电技术是非常重要的。这是以王淦昌为代表的核科学家的观点。

国务院在汇总了各方意见后，于1981年11月正式批准了"728"工程重新上马，并将"728"工程列为"六五"计划的重点建设项目。

随后，全国各省市在贯彻执行国务院重新上马"728"工程的过程中，浙江、湖北、辽宁等省有关领导相继写报告给国务院，要求把核电站建在本省。

1982年11月2日，国家经委正式批准，我国第一座核电站建在浙江省海盐县的秦山。

自此，历时10年酝酿的我国自力更生建设核电站的战斗，就在我国浙江省海盐县的秦山脚下打响了。

我国改革开放开始后，广东作为我国的南大门，率先开始进行改革的试点。就在开放的前沿阵地广东首先面临电力、交通等基础设施薄弱的时候，为了弥补国内建设资金不足和学习国外的先进经验，中央决定，两条腿走路，两条战线并举，走引进和创新并举的道路。

前面已经说过，在大亚湾核电站立项之前，国际上的核电技术已经非常成熟，因为按照通常规则，一个国家在进行核爆炸之后不超过10年就要建造核电站。

但我国从1964年第一颗原子弹爆炸之后20多年才开始搞自己的核电站，在核电技术上和国际领先水平还存在一定的差距。

面对差距怎么办？必须进行全面的学习，大胆的引进，从技术到管理到机制，从人家最先进的地方学起。

于是，中央敦促广东电力局重新与法国公司洽谈，

"全资引进"核电事宜。后经艰苦谈判，"全资引进"核电事宜获得成功。

所以，不妨说，大亚湾核电站的立项建设，既是对之前"自力更生"和"全资引进"争论的一种折中，也不失为一种"学习、借鉴、仿效、创新"的立竿见影的办法。

终于，国务院批准了广东省建核电站的可行性报告，并决定"引进法国的成套技术"。

至此，大亚湾拉开了"借贷建设、售电还贷、合资经营"建设我国百万千瓦级大型商用核电站的序幕。

中央决定选址大亚湾

核电站的选址过程，是一个十分慎重艰难的过程，将地址选在大亚湾，并不是因为它的美丽和神秘，而是因为它独特优越的地理位置。

早在编制广东核电站可行性报告之时，核电站的选址工作就在紧锣密鼓地进行着。

核电站的厂址要求非常高，厂址深部必须没有断裂带通过，而且数公里范围内没有活动断裂，厂址 100 公里海域、50 公里内陆，历史上没有发生过 6 级以上地震，厂址区 600 年来也没有发生 6 级地震的构造背景。

同时，广东核电站考虑到需要向香港输送电力，电站地址还必须邻近香港。因此，诸多条件的限制，使核电站的选址工作一开始就困难重重。

从 1980 年至 1983 年的整整 4 年时间，30 多名专家每天只有 4 毛钱的补助，跋山涉水，从汕尾到湛江，走遍了广东的三大江和沿海地区。

在这期间，选址小组成员在深圳市、惠阳地区和惠东地区先后踏勘了深圳湾、大鹏湾、大亚湾一带的赤湾、小梅沙、溪冲、土洋、迭福、西冲、长咀角和湖头角等十几个点。

外地人怕蛇，于是广东人开路，拔草攀石，涉水过滩。这些南腔北调的人，年龄最大的是中国科学院地质研究所的谷德震教授，70 多岁了，但为了弄清一座名叫排牙山的地质结构，他坚持同大家一起攀上那危崖耸立的 700 多米高的山，一块一块石头地抠，细细观察，直到数据取足才下山。

经过初步分析，小组成员选择了深圳市的土洋、西冲和惠东县的湖头角三个厂址进行进一步的选址工作。

后由于西冲厂址的地质构造条件较差，故又在深圳市补选了东山厂址，放弃了西冲厂址。

随后，选址小组成员对上述三个厂址开展了地震地质勘探和气象、水文、环境调查等工作，并对各项指标进行了技术条件和经济效果的分析比较。

首先，湖头角厂址由于大埔—海丰断裂在厂址附近通过，厂区内某些小断裂又与主干断裂很近，所以区域地质稳定性可能会受到影响。

其次，土洋厂址和东山厂址的区域地质相对比较稳定，工程地质也满足要求，电站正常和事故情况下，放射性排放对广东和香港居民的影响均为安全，其他方面也能满足核电站的要求，作为核电站厂址都是可行的。

从技术条件和经济效果分析，土洋厂址较好于东山厂址。但是土洋厂址也有其不利的因素：

深圳市葵冲工业区和盐田旅游区的规划发展与电站相互间有干扰，现在葵冲印染厂已在基建，水泥厂、深水码头等正在规划。

放射性排放对香港居民的影响是安全的，但是香港居民对核电站太近香港而不放心。可能会制造舆论，产生社会压力对双方合资经营此电站有所不利。

东山厂址位于大亚湾湾内，与深圳市规划、与香港的干扰少。但是与当地发展和国家规划有矛盾之处。

基于土洋和东山两个厂址都可行，前者技术条件和经济性略好些，后者与深圳市规划、香港的干扰少些，但与国家规划有矛盾，各有利弊。所以，最后选择了土洋和东山两个候选厂址。

中国核电集团认为，东山厂址离深圳和香港较远，具有高山隔离的有利条件，认为是两者中的较理想者。

就这样，选址小组先后勘察、评价和提出了 30 多个选址方案，最后，会同全国 17 个单位的 48 位专家和工程师审定。同时，考虑到向香港供电的实际需求，审定小组最终决定：

将核电站的厂址确定在大亚湾大鹏半岛的大鹏湾畔麻岭角。

这里距香港 52.5 公里，距深圳 45 公里。即使发生 7 级地震，核电站也不会受到影响，安全问题有足够保障，又毗邻香港，是核电站厂址的首选。

至此，选址工作尘埃落定。

二、 开工建设

● 1985 年 6 月 19 日，李鹏又来视察核电站冶建工地，并题诗："白山黑水好儿男，千里迢迢到南园，大亚湾畔兴核电，百年大计把好关。"

● 法方第四任总经理雷维尔也言辞恳切地说："如果再搞另一工程时，不让我们两家合作将是一个损失。"

● 杨受裕说："我们的口号是：全体总动员，大战 80 天！完成主框架，立功作贡献！"

吉林公司搞移山填海

1984 年 4 月 2 日，一声惊天动地的开山炮，震醒了沉睡千年的大亚湾，随着隆隆的推土机的吼叫声，土石方开挖正式动工。

放响这第一炮的，便是从 5 家投标公司激烈的竞争中一举夺魁的吉林冶金建设公司。

早在 1979 年，风闻广东省准备兴建一座核电站的计划立项后，国内奔赴广东深圳投标的各公司之间迅速掀起一股旋风，吉林冶金建设公司自然也不甘落后。

当时，参与角逐的吉林冶金建设公司，还面临着法国、英国、澳大利亚、日本等国和国内诸多实力雄厚的大公司的竞争。

竞争是激烈的。吉林冶金建设公司在吉林省国际经济技术开发公司的大力支持和配合下，以方案先进、报价合理，一举中标。

大亚湾核电站第一期土建工程，就是名副其实的移山填海任务。该工程需将一座 67 米标高的麻岭角和另一座 38 米标高的山，削平为 6 米标高的平地，以便为核岛拓开基础。

另外，还需要整平陆地 49.5 公顷，围海 50 公顷，修筑一道防波堤，填海造地 13 公顷。合同总工程量为 167

万立方米。

1984 年 2 月初，北国春雪纷飞，南国却已暖风扑面。在麻岭角大坑村挺立的百年大榕树下，冶建人搭起了锅灶。

村中的一个炮楼子，是当年东江纵队拼杀过的地方。碉堡分上下两层，经过风吹雨打，墙壁斑驳，蛛网密布，冶建人就在这潮湿阴暗的地方开始了建设核电站的创业生涯。

一队开路先锋，在青蛇出没的灌木丛林中，伐树刈草，用竹竿敲打着盘根错节的青竹做好标高。

施工机械冒雨开到山上，铲除山坡上的表土。这里表土很厚，大约 3 到 10 米左右，而且尽是树根、草皮和腐殖物，不能充当回填土，需运到较远的地方。雨中的山路很滑，施工机械稍不注意，随时都有可能坠坡。

就是在这样异常艰苦的条件下，工人们仅用了一个月就完成了表土剥离的任务，为后面的放炮移山争得了时间。

5 月的大亚湾，天气多在 36 度以上，闷热的驾驶室里、机器的噪鸣声中还在不断散发着热气，汗从脸上、脊背上流了下来，像一条条小虫让人奇痒难忍，坐垫下一会儿就湿了一片。

也许北方人没有领略过大亚湾闷热的南海热风，在他们先前进口的日本自卸三菱卡车驾驶室内，没有要求安装冷气空调装置。这一小小的失误，给这些不习惯在炎热地区施工的北方人带来了不可想象的困难。

开山的炮声震撼着大亚湾。"时间是金钱，效率是生命"这句话，在大亚湾工地显得尤有说服力。

为了确保工程按期完工，分公司内部实行单方工资含量联产计酬经济责任制，奖金上不封顶，下不保底。于是，工人实行三班作业，歇人不歇机。

巨型的装载机把巨石举起来，重重地装到车上，车也在颤抖。闷热的海风，热得让人无法忍受，驾驶员索性脱掉了背心，但还是热!

从早上到夜半的炎热，使这些关东汉子身上、两腿之间都起了痱子，痒得钻心，有的两腿之间已经开始溃烂，化脓流水了。可是，飞奔的车没停一台。

他们每天单车平均能拉 100 多趟，最多的一天能拉110 趟，不断创造新的纪录。

这些关东汉子热得实在没招了，于是到处找辙。他们发现工地上都是男人，便悄悄地在驾驶室里把短裤也脱了，一丝不挂地去操纵着车在山路上飞奔。

就这样，他们创造了 20 台车平均每月运 28 万立方米土石方，最多一天装运量达 1.7 万立方米土石方的最高纪录。

有人说，这在国内也是首屈一指的纪录。这个速度令陆续上来的承包工程公司的工人暗暗吃惊。他们给这群关东汉子送了一个美称，叫"开山虎"。

法国专家白瑞特等人来了。他们吃惊地看着这些人，也很难弄懂：这些每月拿四五百元工资的人，为啥要这样拼命干?

吉林冶建公司按法国专家的要求，对人员做了调整，并减下了一部分人调回吉林。然而那两座山削下去的速度并没有因此而受到影响。

吉林的"开山虎"们在大亚湾核电基地站稳脚跟之后，防水帷幕工程自然而然地就被他们抢到手了。这是因为，"大名远播"的"开山虎"，也同时使英、法等外国的专家折服。

这些外国专家相信，这些"开山虎"们，完全能在大亚湾麻岭角下，修筑起一条合格的海中城墙。

于是，"开山虎"们打响了修筑核电站防水帷幕的战斗。

防水帷幕就是在厂房基础以外围成一个半圆形的隔水墙，并要把这围成的一片海水抽干，然后把基础开挖的50万立方米的土石方，填到这片被人称为的"咸水湖"内，再用高密夯实法把咸水湖填成一个大约有13公顷的平地。在填湖后的人造平地上，将要耸立起核岛、常规岛等附属设施。

要防止海水渗进围成的咸水湖里，必须在这条长400米，平均深将近13米的堤中间，嵌进去一个80厘米厚的塑性混凝土的防水帷幕，以便挡住海水。

防水帷幕嵌好后，再排水、抽干、清除淤泥，为核反应堆基础开挖和辅助厂房的基础回填碾压创造条件。

这项工程在法国的青年专家帕特眼里，是一个非常重要的工程。帕特受聘于广东核电合营有限公司做技术监督，作为防水帷幕的"设计代表"，这期间，他有着绝对的发言权和技术监督权。

很快，帷幕圈起来的海水被抽干了，然而，一个十分突出的认知、沟通、协调问题，摆在了"开山虎"和帕特面前。

事情的原委是这样的：帕特作为法国专家，要求在清理海中淤泥时不准先往里填放石头。可是，吉林公司高级工程师朱世忠却认为，填不进碎石，推土机就没法下去，也没法清淤。

这个争议在讨论会上没有得出结论。于是，朱世忠趁帕特不在时，让工人们采石铺路，用边清边填的办法进行施工，随后，他将帕特请到了施工现场。

当帕特看到清淤工作正按照朱世忠的办法有条不紊地进行，并发现效果不错时，也就和朱世忠握手言和了。

前面已经说过，填平咸水湖是为了给核电基础造成一处可供施工的平地。然而，这个回填工作也绝不是一件轻松随意的活儿。朱世忠他们回填碎石之后，还要回填结构沙黏土。这些沙土每填一层都要进行化验，用容量和最佳含水率来衡量。

而且，要根据不同的范围，以不同的最佳含水率来实现碾压。为此，做这种实验就有1300多次，数据都要经过法国专家的检查。

1986年9月，防水帷幕和"咸水湖"回填工程正式完工。从此，麻岭角下的海湾里，多了一块半卧在海中的巨大的"磐石"。

李鹏视察大亚湾工地

1984 年 4 月 10 日，时任国务院副总理的李鹏在水电部副部长彭士禄等领导的陪同下，视察大亚湾核电工地。

他们来到吉林冶金建设公司的驻地，李鹏走进他们的工棚，关国昌经理笑着迎了上去。

李鹏笑着说："你们吉林人怎么闯到广东来了？"

"我们是中标来的。"关经理和马德江副经理一边回答，一边铺开施工方案图，向李鹏等领导汇报。

随后，李鹏等人来到山上观看工地全景，并且和工人们握手交谈。

1985 年元旦，李鹏和 8 位副部长再次来到大亚湾工地。广东核电站领导汇报了吉林冶建公司的施工情况。

李鹏问关国昌经理："你们怎样的干法啊？"

关经理说："我们是单车承包，以吨数计酬的。"

李鹏高兴地说："你们这么干很好，速度快，职工可以多劳多得嘛。"

他们边走边聊走上山坡。

看到那些晒得黝黑、正在操作钻机的工人们，李鹏对关国昌他们说："多注意工人们的劳动保护，严防出现事故。"

随后，李鹏还高兴地和冶建公司的干部、工人们合影留念。

1985 年 6 月 15 日，冶建公司以一流的质量，一流的速度，一流的效益，胜利完成了场地整平工程，完成土石方工程量 167 万立方米，按合同期提前了 45 天完工。

1985 年 6 月 19 日，李鹏又来视察核电站冶建工地，对冶建公司的施工进度、质量表示满意，并题诗：

白山黑水好儿男，千里迢迢到南园。
大亚湾畔兴核电，百年大计把好关。

随后，水电部副部长赵庆夫、彭士禄等同志也为吉林冶建公司题了词。

奋战核岛外围土建工程

1986 年 7 月，由华兴公司、中建二局、法国 CB 公司和日本前田公司组成的"三国四方"集团中标，夺得大亚湾核电站的土建工程。

这标志着中国建筑业首家涉外合营企业诞生。

随后，在经过一番坎坷、曲折、激烈的国际投标竞争，集团中的中国核工业总公司华兴建设公司与法国 CB 公司联袂入主大亚湾核电站心脏，即核岛及附属土建工程。

华兴建设公司是一家具有大型建筑、安装和设计承包能力的国家二级企业，拥有 5 个下属工程公司，近 1500 名各类专业技术人员，1 万多名职工。

早在 20 世纪 50 年代组建起，这支核工业建设队伍从白山黑水到茫茫戈壁，从西南大山到长江三峡，从扬子江畔到南海之滨，转战 30 余载，足迹踏遍大半个中国。

改革开放以来，他们又踏上了核工业"保军转民"、"第二次创业"的艰难历程，开始致力于开拓国内外建筑市场。

华兴建设公司先后承建了一大批国家、部、省、市级大中型重点项目及国外工程。例如"493"工程，"451"工程，仪征化纤厂一、二期，南京华飞彩色显示系统，南京依维柯轻型汽车生产线，上海合流污水处理，新沪面粉厂工程等等。

长期艰苦的磨砺，练就了华兴人善打硬仗、大仗的作风，并形成了牢固的质量意识，扎实的技术、施工、管理水准。

就是这样一支队伍，与法国 CB 公司等一同在核岛土建工程上中标。

1986 年 9 月，远在江苏仪征的华兴公司大本营，开始紧锣密鼓地秣马厉兵。

华兴公司的领导们知道，要打好打赢这场"世纪之战"的关键是人，是建设一支整体素质优秀的队伍。

于是，他们提出：

先培训，后进场。先培训，后上岗。

创一流质量、一流速度、一流管理。

出成果、出经验、出人才、出效益。

与此同时，他们经过仔细调研，制订出一个《关于广东大亚湾核电站施工部署与规定》方案。

于是，数千人马立即投入到质保、英语、中外合营企业管理方法、工作步骤、程序及各类专业技术等紧急培训之中。

随后，经过各类专业技术培训的人纷纷获证上岗。就这样，几个月后，华兴公司就组建了一支"精干、多能、高效"的"远征军"挥师南下。

大军开到大亚湾工地后，短短几个月中，华兴人与现场中外员工一起建起生活营地和生产设施，形成了混凝土搅拌、钢筋加工、构件预制、木模加工的生产能力。

随后，他们立即投入核岛现场永久性工程的施工之中。不久，1号核岛基础垫层、防水层、预应力廊道和底板钢筋的安装工程就完成了。这为如期浇灌第一罐混凝土立下了汗马功劳。

1987年8月7日，核岛第一罐混凝土如期浇灌，由此掀开了大亚湾核电站建设的第一页。

但是，随着合作序幕的拉开，华兴公司和外国公司的关系，却日趋紧张起来。

由于核岛土建工程由外方管理，中方施工，即法国人为主，华兴人为辅。而法方对华兴公司并不熟悉。

之前，他们向巴黎总部报告说："华兴公司仅在50年代建过一个小型的军事工程，毫无建设大型反应堆的经验。"而华兴公司有人则认为，核电站建在中国，我们才是主人。

在这种气氛下，双方在协作管理方面，对职员定编、解聘、人事安排、权益分配等方面各执己见。而技术上，法方只相信香港、新加坡雇员。

比如，中方一名大学生绘的普通图纸他们也反反复复地修改。中方青年工程师李一农发现法方一个技术人员所绘的某图纸有误时，对方矢口否认，却让香港一方在制作过程中悄悄改正。

在施工中，如浇灌混凝土时，法方连最简单的操作对中方也不放心。他们在钢筋上用红漆标出振捣棒的插入位置、振动时间、注灰深度，这引起中方工人的反感。

如此种种，因此"顶牛"。

于是，华兴公司员工向领导诉苦："HCCM 是中外合营。核岛工程法国人是大股东，让外国人管理，是不是寄人篱下？"

华兴公司领导向上级诉苦："虽然是合资项目，但施工的是我们，建的是我们自己的核电。不应就事论事地去争谁说了算。"

上级对华兴公司领导说："合作是干好工程的前提，要正确领会合作的内涵，对工程负责，让党和人民放心！在核电开发利用领域，法、日、美等国已走在了我们前头。我们一起步，就站在世界一流的高起点上，要正视自己的差距。"

上级还对华兴公司领导说："受挫后，要冷静客观地面对现实，及时采取可行的措施，不断进行内外调整，使中外优势互补、对接、融合。"

于是，华兴公司领导对员工说："我们的目的是要在此锻炼队伍，把世界上先进的核电站建设技术和管理'拿'过来。"

为此，法方"走马换将"，三易集团总经理，向中方表露出合作的姿态；中方也适时地调整阵容，华兴总部在上级有关部门支持下，对深圳经理部进行了调整充实。

安邦州、叶金贤、戴友武、方玉林、宋如廉被任命相关职务。青年工程师叶金贤出任 HCCM 集团副总经理。

渐渐地，中法双方领导、成员间的合作出现了融洽、和谐的气氛。曾在法国进修的叶金贤与法方总经理慢慢地成为良好的合作伙伴。

随后，华兴先后 4 次邀法、日总经理等"官员"到江苏基地参观访问。中方经理杨寿群也曾去巴黎与其总经理斯道夫先生会晤，增进了解，建立友谊和信任感。

就这样，施工集团参战各方通过对话，理顺了关系。此后，中方的劳务费、职员编制等较棘手的难题，也逐步得到解决。

1988 年 9 月底，在"三国四方"合营公司总经理办公室里，召开了第八次董事会。

中方参会的董事有华兴公司的经理、合营公司董事长杨寿群，经理部副经理、合营公司副总经理叶金贤，总会计师、董事杨星，顾问吴景采和中建二局的代表；外方参会的董事有法国 CB 公司、日本前田公司。

会议主要讨论由华兴公司于上次董事会提出的、在集团内实行"劳务总承包"的方案。该方案经外方 3 个月的跟踪考察后，纳入议程。

这是一次艰难的会议，"三国四方"代表有激烈的争论，有紧急的磋商。会议整整开了 6 天，反复讨论了 8 次，多方观点相持不下。在这关键时刻，在 JVC 总经理昝云龙的协调下，各方做了让步。

10月1日，"三国四方"劳务总承包协议正式签订了。这是把中国建筑业经营承包制，引入合资企业的一次大胆尝试。

随后，华兴公司又主动向外方建议加强质保、质控管理。将质保中对工程的抽查改为100%检查，即对每一块铁件，每一根钢筋，每一罐混凝土等都进行质检，确保质量第一，安全第一。

华兴公司作为施工单位即被检方，对自己提出这种高标准的"苛刻"的要求，恐不多见。这在一定程度上，赢得了外方的尊重。

大亚湾工地规定，工作语言为英语。进场前，即派人去苏州进行"强化英语"学习。实践中，大家更迫切地感到语言的重要。

于是，华兴公司每年增派英语专业人员参加内部办班、外方培训，以求突破语言障碍。渐渐地，职员的业务水准、工作效率普遍提高。

中方实时地译出图纸资料约1.6万张，拷贝蓝图约20万张。现场职工与老外也能靠一些专门编制的中英对照的工作用语，辅以特定的手势等，进行工作与感情的沟通和交流了。

1号核岛的堆芯部分是核岛的关键部位。反应炉压力壳将安在这堆坑中，施工难度大，钢筋密集，混凝土下料管及振捣棒难以插入。

经理部副经理、核岛队中方副队长陈阿方向法方队长问："这么密的钢筋,如何保证混凝土振捣质量?"

法方队长一耸肩,一摇头:"我在法国从未见过这么密的钢筋。"

法国没见过,中国也没见过,但混凝土浇灌工作一定要做好。于是,中方主动与外方商量并提出了切实可行的施工方案。

混凝土浇灌堆坑那天,中外专家都来到现场,看的人比干的人还多。混凝土从早8时直打到15时,质量如何? 谁也没底。

三天后,撤掉模板,看到混凝土里实外光,老外惊喜地举手连称:"OK! OK!"

在核燃料厂房的装卸区施工时,基础部分钢筋结构复杂,工期紧张。工程师陆锦明等提出采用整体预制方案。

按原施工程序,要在土方处理过后,按图纸一根根地绑扎钢筋。当时,他们决定利用一边处理土方的时间,一边在基础旁进行预制。

经过认真研究,反复计算后,陆锦明他们把面积为110平方米、总重量达13吨的钢筋预制件,用80吨吊车,采用9点吊装方法,仅用了30多分钟,就使提前预制好的钢筋构件安全就位。这样,既保证了质量,又争取了时间,使法国钢筋专家非常佩服。

核岛所用大量模板精度要求高,类型多,加工复杂。

工艺要求最高的有近 5 万平方米。

所谓"模板",俗称"盒子板",懂一些建筑常识的人都知道。但是,一般建筑所用模板的复杂程度,简直无法与核岛所用的模板相提并论。

这好比建几层高的楼房与建现代化的摩天大厦,虽都是建楼,但无法相提并论一样。

两座核岛,包括核燃料、核辅助、核电气厂房工程自下而上 70 多米高,其中 13 米位于地下。从外到内近 40 米直径以及内部的各层平台、墙体,不论弧形、圆形、矩形、多边形,不论墙体薄厚、高矮,还是墙体上有多少种方的、圆的、扁的各种形状的预留的孔洞,也不论同一道墙体上有几种甚至十几种不同的平面,都要用钢筋一层层地绑扎,用混凝土一层层地浇灌,而且都要用事先制作好的模板来"造型"。

模板制作出什么模样,就浇筑成什么模样。开始时,法方不相信中方能制作出这些高难度的模板。

施工长黄仁贵带领班组人员潜心钻研,把图纸吃透,把大样放准,严把每一道工序关,保质、保时地为浇灌混凝土提供了各种规格种类的、完全符合图纸设计要求的近 30 多万平方米的模板。

燃料厂房基混凝土浇灌接近尾声时,已是深夜。最后一节混凝土输送管的接管卡箍和橡皮垫圈掉进了混凝土灰浆中。

于是,老工人梁德全毅然跳进 1 米多深的混凝土中,摸啊、找啊，终于将接管卡箍和橡皮垫圈找了出来。这个举动，当时就感动了在场的中外专家。

就这样，法国人由怀疑到信任，进而由佩服到赞叹中方工人了。负责质量监督的法国专家对核岛赞叹道："这样的混凝土，在法国也是很少见的!"

慢慢地，法方愈发感到离不开华兴，开始主动起用、信任华兴人。他们说：

> 真正了解工程的是中方，华兴的人素质好，技术熟练，富有实际经验。

法方不仅赞许华兴人的聪明，更敬佩他们认真负责的精神。到2号核岛施工时，现场组织指挥就主要依靠华兴了。

后来，第三任总经理连纳斯先生表示：

> 如果允许的话，我希望中国参加大亚湾核电站核岛施工的公司，继续承担其他核电站项目建设。我们希望不论在中国还是别国，能和中国核工业企业继续合作。

法方第四任总经理雷维尔也言辞恳切地说：

> 经过几年来的共同工作，使相互间有了深

刻的了解，这是一个财富。如果再搞另一工程时，不让我们两家合作将是一个损失。

1 号核岛 20 米平台的施工工期紧，难度大。平台厚 2 米，内径 18.5 米，需布钢筋 183 吨。而且，仅钢筋就有 10 多种规格、2200 多种型号，总计 2.8 万根。

钢筋的连接形式多、精度高，保护层的误差以毫米为单位。这一根根钢筋都要靠人工制作、绑扎。华兴人二话不说，保质按期完成了任务。

反应堆内部结构、辅助连接、核燃料厂房的混凝土墙体薄厚不一，同一道墙体有多个不同的平面，预埋件、预留孔洞密密麻麻，参差错落，大小不等，形状各异。

有的一道墙上竟有 175 个散布在不同部位的孔洞。整个核岛共达 6000 多个孔洞。这种施工条件、环境在内地从未遇到过。

施工中模板滑移，捣实困难。为确保质量，华兴人采取底板加固、人工充分捣实、分段施工等办法加以解决。

人工捣实、分段施工，说起来容易做起来难。当时，施工现场常常是 40 多度的高温天气，一般人坐着不动，也要大汗淋漓，更何况工人们还要爬到不通风、不透气，像蒸笼一样的钢筋网内工作。

按规定，在浇注的湿漉漉的混凝土浆里，每 50 厘米一层振捣，每次要干两个多小时。其难受的滋味是坐在办公室开空调、吹电扇的人所无法想象的。

工人们一批人出来，另一批人进去，一层一层，钻进钻出。所有的人浑身汗水，满身泥灰。就这样，足足干了半年多。

最后验收时，大家看到整个核岛及附属土建厂房从内到外，最多处分 24 节浇筑上去，没有"蜂窝"、"麻面"，光滑平整，看不到明显的分段浇筑痕迹，浑似通体一次筑就的模样。内行人无不为此啧啧赞叹。

浇灌 1 号筏基廊道混凝土时，天公不作美，大雨如注。由于无遮挡物，廊道中进水，而外方却坚持要浇。

施工工人考虑到，继续浇注对混凝土的强度及质量都有影响。廊道虽然不是工程的重要部位，但华兴人本着要对每一方混凝土负责的精神，在征得 GNP 现场有关人员同意后，他们说服外方，停止了浇灌。天晴后，他们又及时施工浇灌。

整个施工高峰期，工地白昼骄阳似火，夜半灯火通明。华兴人干在工地，吃在工地。中午、晚上、零点夜宵三餐都由炊事班送到现场。

营地的工会、卫生、司机、劳资、保卫等后勤人员也全部投入了为一线服务的岗位上。前后方同心协力，共同奋战。

大家把元旦、春节等节假日都放弃了，有的职工把探亲假一再推迟，甚至有人几年都未回家探亲。

1989 年 9 月 21 日，1 号反应堆提前封顶。

李鹏和中国核工业总公司分别发来贺电说：

> 1号反应堆提前封顶，是核电站建设进程中的重要标志。
>
> 1号反应堆提前封顶，这是广东核电站的第二个里程碑。

紧接着，华兴人又马不停蹄地进入核岛的内部土建的施工。

按照法国程序规范，核岛的内部"正20米平台"以上混凝土结构，要在封顶后进行，因为1号核岛就是这样干的。

平台先打楼板，再做面层，钢筋一根根地现场绑扎，塔吊的垂直、水平运输受限，回转半径、起重高度不够。

塔吊不能把混凝土直接吊进安全壳内部，只有靠人工运送。模板支安、撤除，布料机、安装、楼层"打毛"、"冲毛"，现场清理等多工种相互影响，费工、耗时，影响进度。为此，在2号核岛施工时，华兴人对工艺进行了重大而合理的改进。

在封顶前，他们把内部结构混凝土全部浇灌完毕，这是一个在实践基础上的突破。此后，工程进度达到后，华兴再根据总进度计划控制，结合现场实际情况制订安排每一分项工程的"滚动"计划，环环相扣，增强计划性。

他们把图纸上的问题解决在施工前，并合理安排劳动力的投入，加强现场管理，保证重点。

各队、班组、工序、工种间密切协作，模板提前进场，增加钢筋预制量，有效调配利用吊车。

这样大大提高了模板周转率、工机具使用率及人员的工作效率，从而改变了1号核岛施工时，法国人管得过死，材料、工机具、人员相互封锁，设备工具出现有闲、有缺的现象。

例如，2号核岛墙体的钢筋有80%提前预制成钢筋网片，待具备施工条件后马上安装。这样，比现场绑扎节省三分之一的时间。

"正20米平台"施工时，混凝土一次做成。一次把面层做好，随打随磨，一次压光。安全壳内外的大小塔吊也及时地保证了混凝土的吊运任务。

这样的改进，避免了先封顶后浇灌堆内构件的种种不科学的、不利的因素。既保证了质量又节省了工时，还为下道装修赢得了宝贵时间。

1990年4月28日，2号核岛穿顶吊装前，内部结构"正20米平台"基本完成。

为此，法国巴黎核岛设计单位的专家前来检查工作时，惊叹不已。他们连声说：

这种质量、这种进度世上罕见！

5月3日，2号核岛现场，1000多名管理、指挥和施工人员齐集现场。重达160吨的A、B两片巨型安全壳钢衬里穹顶，静静地卧在地上，500吨吊车昂首而立。

6时30分，指挥长一声令下，机械开动，核反应堆安全壳钢衬里穹顶开始吊装。

11时左右，A片一次定点成功。16时许，B片又在反应堆厂房顶端与A片对中、拼接，定点在预定的方位上。

至此，继1号核岛提前封顶后，2号核岛再次实现提前封顶。大亚湾核电站主体土建工程比施工计划工期提前19天交付安装。

随后，在核岛工程的钢筋混凝土全部经测强仪检查过程中，法方宣布：核岛工程的钢筋混凝土完全合格。质量达到了里实外光的要求，符合国际标准。

他们说："每座核岛土建施工总进度计划为25.5个月。能够按国际规范达到这一总进度计划要求已极为不易，华兴人却均予提前实现，这是一个了不起的现实。"
质保部副经理美国核电专家格林威尔称赞：

我去过很多国家，建了10多座核电站，大亚湾核电站的质量可以与世界上任何一座核电站相媲美。

随后，在美国召开的国际核电建设专业研讨会上，各国核电专家对广东大亚湾核电站均给予很高评价。他们认为：

> 法国 CB 公司与中国核工业总公司华兴建设公司合作施工的核岛及整个大亚湾核电站建设，能按照预先制定的进度如期完成，在世界核电建设史上实属罕见。

1991 年 10 月 13 日，这是一个不同寻常的日子。在大亚湾核电站的一间会议厅里，再次来核电站视察的李鹏作了重要讲话。

他对大亚湾核电站土建施工的进度、质量予以肯定。他说：

> 你们华兴人向党和人民交上了一份合格的答卷。

核工业在"第二次创业"过程中，华兴人既是学习者、探索者，也是开拓者。由他们筑起的核岛及附属土建工程，不啻为中西合璧的一个成功范例。

中建二局奋战常规岛

1986 年 7 月 26 日，大亚湾核电站核岛土建工程招标最后揭晓。由法国 CB 公司、日本前田建设工业株式会社、中国核工业部华兴公司和中国建筑第二工程局组成的承包集团胜利中标。

至此，中国第一个中外合资的大型建筑施工企业和总承包集团诞生了。

1987 年 5 月 16 日，"三国四方"集团正式签署"HC-CM 中外合资企业合同"。随后，"三国四方"集团核电建设合营公司宣告成立，中国建筑第二工程局与业主广东核电合营有限公司，正式签订"大亚湾核电站核岛常规岛土建工程承包合同"。

为了这份合同，中国建筑第二工程局整整运作了 5 个年头。

早在 1980 年 8 月 26 日，深圳经济特区宣告成立。就在几个月以后，中建二局的一支队伍，日夜兼程来到这个当时并不起眼的边陲小镇深圳。

1982 年 6 月 9 日，中建二局承建的翠竹苑、海丰苑等深圳第一批高层楼房相继开工。他们使用滑模施工新工艺，创造了三天滑升一层楼的"深圳速度"，在特区和全国引起轰动，名声大振。

随后，中建二局在东莞虎门的凤凰山麓，再一次以罕见的速度，建起一座有两台 35 万千瓦发电机组的沙角电厂。

这一切，为他们 4 年之后力挫群雄，参加"三国四方"集团，入主大亚湾核电站建设，奠定了基础。

同年 12 月，国务院批准广东核电站可行性报告，这个信息很快被中建二局的情报系统捕捉到。

不久，中建二局以扩展深圳市场，跟踪广东核电项目，努力为特区建设多作贡献为目标，加强了深圳的力量布局，派出精兵强将成立了驻深圳经理部。

当大亚湾平整场地的开山炮还在轰响时，国务院决定核电站土建工程实行国际招标。于是，唐山中建二局总部，召开了最高决策会议，准备参加大亚湾核电站土建工程国际投标。

在会上，局长郭爱华开门见山地说："唐山地区的恢复建设已近尾声，扩展广东、深圳市场关键在此一举。这是关系到我局长远发展的重大战略，机不可失，时不再来。我的意见是，通知深圳经理部，立即组织最强阵容，参加大亚湾核电站土建工程国际投标。"

随后，党委书记许景茂说："我看结论已经很明确了，让我们下定决心把这条'大鱼'抓到手吧！

"我是个扛枪杆出身的，没学过 X + Y，但是我认准了一条：大亚湾有最新的管理、最好的技术，可以为我们二局培养一大批'四化'人才，也可以代表中建施工队伍，为中国的核电建设作出自己的贡献，这就是我们努力争取的目标!"

国际招标的消息还没有公开发布，就有50家实力雄厚的中外公司报名，有40家被正式接纳。

外方准备投标的有法、英、美、日、意，还有新加坡、瑞典等国，共23家承包商。中方有17家公司，中建系统只有二局一家。

当时，中建二局的处境并非鹤立鸡群。虽然他们在中方公司预审评分中承建核岛的能力名列第三，承建常规岛的能力名列第一，但还是有实力不逊的对手，他们已经做好了"过五关斩六将"的准备。

他们首先要很快地学会国际招投标、国际金融、国际商务谈判和国家财政、税收、保险、外汇管理、海关条例、经济法规等方面的业务知识，迅速开展有关方面的业务活动。

接着，他们还要吃透全部是英文的招标文件，准确掌握法国、英国的工程技术和施工管理规范，搜集编制各种报价依据和基础资料，研究确定投标及商务谈判的策略和程序。

最后，进行复杂纷纭的商务谈判，妥善处理集团内外的利益关系，严格按照国际规范要求，与集团各方共同研制投标文件，实施一个接一个的投标程序。

在随后进行的几百次谈判、核电工程专家小组20多次审查谈判和3次组合攻关中，中建二局公司几乎使出了浑身解数。

大亚湾核电站核岛土建工程的招标于 1986 年 7 月 26 日最后揭晓后，1987 年 6 月 11 日，中国建筑第二工程局与业主广东核电合营有限公司，正式签订"大亚湾核电站核岛常规岛土建工程承包合同"。

这期间，公司的田心起、董洁民、丁国华、钱秋雄、张安华、张传华、李昌树、张培、俞戊孙、杨受裕等为顺利中标做出了巨大的努力。

中标后，为了确保大亚湾核电站工程的顺利施工，中建二局党委立即作出了《关于加强集中统一，确保重点工程建设的决议》，并几次召开常委会议，专门研究大亚湾核电站工程的施工规划和部署。

为了优先满足这项工程对人、财、物的需要，局党政领导多次亲临大亚湾，现场办公，调兵遣将，制订各种保证措施和工作制度，帮助施工一线解决各方面的问题和困难。

与此同时，中建二局的大队人马陆续开进大亚湾工地，开始投入常规岛的土建施工。

开工之初，中建二局的大部分员工，觉得大亚湾竟是那么陌生，那么不习惯。有些人开玩笑地说，我们是不是到了外国在搞工程？

他们首先看到的，是一张张金发碧眼的面孔在工地发号施令。从总经理、第一副总经理到绝大多数部门、施工队的主要头头，不是法国人就是日本人。

"为什么要听老外的指挥，究竟谁是大亚湾的主人？"不少人感到难以理解，愤愤不平。

核电站的工作语言用英语。所有的工程技术、施工工艺和管理程序，都要严格执行法国、英国的规范和制度。

许多人不以为然地提出质询："是不是外国的月亮要比中国的圆，离了外国的管理和技术就不行？"

钢筋，必须将生产厂的技术指标证明报业主审批后才能采购；水泥，规定只能使用香港金鹰牌、澳门金鲤牌两种；砂石，经过破碎、水洗和筛分级配试验，完全达到英国、法国的规范标准才能使用。

工人们心里嘀咕，很不服气："我们打了几十年砼，不用这套规矩还不是照样行？"

核岛常规岛土建工程主合同多达 19 册，5000 多页，150 万字。就是它，统辖着全部工程项目的管理和运作，决定着合同双方的责任、权利和义务。

在大亚湾核电站，一切都以合同为依据，视合同为法规。合同规定的 219 个工期关键日，谁延误就要按四个星级罚款。

合营公司要求每个职工都必须履行严密的工作标准和管理程序，谁无视纪律，违反制度，就要被"炒鱿鱼"。

"咳，从没见过管得这样细，这样严！"刚从内地来的人，常常发出这种感叹。

有一天，1 号反应堆筏形基础施工中，由于一名法国工程师看错图纸，漏放了部分斜插钢筋，造成了严重的质量事故。

不用说，工程师被"炒了鱿鱼"。当即，这件事在工地、在国内、在国外引起了强烈震动。

大家这才深刻地感受到，核电站的工程质量，关系到"百年大计"，牵动着国内、国际核电站行业的每一根神经。不强化质量意识，不严格按照质量控制程序和国际技术标准施工，真是不行啊！

随后，陈志成副局长在总结经验教训的职工大会上指出：

> 别人的教训，就是给我们敲响的警钟！搞核电建设，我们还是"学生"，更要尊重别人的成功经验和先进的技术与管理规范，千万不能夜郎自大，盲目蛮干！
>
> 虚心学习国外的科学管理和先进施工技术，早日把大亚湾核电站"建成、学会"，这才是我们中国工人爱国精神和民族自尊的最好体现！

从此以后，为了适应 HCCM 核电建设合营公司新的经营模式和管理体制，中建二局的领导和员工，虚心学习，很快掌握了合同规定的管理细则和技术标准。

1988 年 5 月，大亚湾核电站土建施工进入高峰期，局属各单位坚决执行局党委决议：

> 统一步调，顾全大局，派出大批精兵强将，从企业所在的 14 个省、市，急速向大亚湾集结。

5 月的大亚湾，气温一天一天攀升。施工现场温度最高时已经达到 45 度。工人们顶着烈日，汗流浃背，每天要工作 9 小时以上，别说上年纪的老工人受不了，就是 20 来岁、身强力壮的小伙子也难熬。

5 月 31 日，按日作业计划，联合取水泵站的底板砼当天必须浇筑完工。

代理队长杨彦国和工程师伍国安早早来到现场，做了最后一次检查。

6 时整，参战人员全部到齐。"干吧！"杨彦国一声令下，十几个砼工从钢筋间隙钻进去，先浇筑底板下层砼。

常规岛联合取水泵站这块底板，长 16 米多，宽近 14 米，深 5 米多，里面还有一块变截面异型模板，底板面积达近百平方米，底板中绑扎的钢筋共 11 层，重达 74 吨，密密麻麻，间隙很小，施工难度非常大。

天上的太阳很快驱散了早晨的那层薄雾，露出了"狂晒"的本来面目，一根根钢筋被烤得都不敢用手去碰。

工人们的衣服被汗水浸透了，被钢筋挂破了，被砼浆糊满了，可他们全然不顾，谁也不吭一声，都全神贯注地坚守在自己的岗位上。

就在这赤裸裸的炙烤下，加上高强度的体力劳动，临近大中午，一位手握振捣棒的青年工人中暑倒下了，马上跑过来一个人顶替。下午，紧接着又有5名工人相继晕倒，身边的队员马上冲上去顶上。

到了晚上，浇筑砼的战斗还在继续，老天却突然变了脸，下起了瓢泼大雨。工人们都没有带雨具，浑身浇得透湿。

他们迅速找来篷布把工作面遮盖上，振捣棒的"突突"声又开始轰响。没有一个人离开现场，没有一个人停下自己的工作。

就这样，经过长达19个小时的连续奋战，底板砼浇筑全部完成。随后，杨彦国和伍国安仔细检查了每一个部位的质量，疲惫的面孔这才露出了满意的笑容。

由于种种原因，1号汽轮机厂房主框架结构的施工进度，比计划同年10月底完工拖后两个月。这是核电站的一个三星级关键工期。"三国四方"集团的中外方都十分着急。

早在几个月前，中建二局的管理干部已经明显感觉到工程工效下降、进度滞缓的征兆。他们及时向外方提出将"计时劳务"改为"切块承包、计件付酬"的建议。

他们深知中国的国情，"计时劳务"这种国际上通行的方式，弄不好就会变成大亚湾的"国际大锅饭"。

因此，尽管这个重要的决策提案被外方否决了，但他们还是坚持在钢筋加工厂和木工车间悄悄地进行了"承包试点"，并很快见到成效。因此，有了强有力的发言权。

在"三国四方"集团第八次董事会上，中外与会董事展开了大辩论。最后，董事长环顾左右，提高了嗓门，果断地止住了持续多时的唇枪舌剑。

他说："现在，1号厂房工期拖后已成燃眉之急，一切争议都是多余的。最现实的是拿出有效办法，把工人的积极性调动起来，把延误的进度抢上去。我提议，现在对二局提出的中方劳务费预算加系数的承包方案进行表决。"

会场顿时安静下来。一阵沉默后，几位董事低言细语左右交换了意见，接着，8只手几乎同时举了起来：同意"切块承包、计件付酬"的提议。

紧接着，中建二局在营地召开了职工动员大会。最后，党委书记杨受裕说：

我们的口号是：全体总动员，大战80天！
完成主框架，立功作贡献！

此后，承包办法很快取得成效，当月用工比承包前减少114人，而完成的工作量却大幅度提高。砼浇筑增加5%，支模板增加14%，钢筋绑扎增加22%，工程质量完全合格，施工进度明显加快。

1号汽轮机厂房工地，机声隆隆，人来车往。两台塔吊伸着长臂，24小时不停地运转。工人们热情高涨，夜以继日地加班加点。

年近60的高级工程师张安华，以及刚从校门出来的大学生，也都日夜盯在工地，和工人们一道出力出汗。

那段日子里，工人们干活像着了魔似的，半夜24时有的还在脚手架上，赶也赶不下来，第二天一大早又到工地去了。

职工食堂的炊事员天天把热腾腾的饭菜送到工地，他们说："为了主框架能够提前完工，我们愿意一天送8次饭。"

转眼间，大亚湾冬季到了。当地民谣说："盐田的雾，小梅沙的风，大亚湾下雨算过冬。"

此后，工地上常常是阴雨霏霏，寒气逼人。工人们的衣服湿了干，干了湿，没有一个人叫苦。他们唯恐拖延工期，唯恐质量、安全发生问题。

1989年1月24日，1号汽轮机厂房主框架，比预定计划提前14天胜利完成。

在随后的中建二局的庆功会上，"三国四方"集团公司日方第一副总经理诸冈，带领日方全体高级职员参加。他们深深地三鞠躬，表示他们对中国工人真诚的敬意和祝愿。

法方总经理对中建二局的领导说：

1号汽轮机厂房在短时间内赶上了进度，我非常满意。一开始我是不相信的，现在所有工号都达到了计划要求，令我吃惊。你们是可以信赖的伙伴。在中国，在全世界，我们可以继续合作搞新的工程。

李方同是中建二局一公司的施工队长。1987 年 7 月，领导决定派他到大亚湾工作。他接到通知后，毅然退掉了回四川成都探亲的飞机票，迅速赶到大亚湾核电站。

起初，日本人信不过他。拿去的模板加工图非常详细，尺寸、方向、弧度都交代得很清楚。临走时，日本人还怀疑地看他一眼。

李方同凭着他 10 多年深厚的施工经验和木工功底，在局部模板加工图上发现了日本人图纸上的问题。几次交锋，事实胜于雄辩，日本人服气了。

以后加工模板时，日方画个草图就交给李方同，说："李先生，你的，我们信得过。"

一次，李方同看到了日方准备在香港购买圆形涵洞异型模板骨架铁件的计划，他感觉到有问题，拿起笔一算，数量多了一半。

为慎重起见，李方同查了常规岛全部图纸，其他施工部位用不上。他立即写备忘录给工程部经理酒井，阐明自己的看法并附上计算结果。

第二天，酒井致函李方同：

非常感谢您发现了这个问题。新计划已制定，请您再检查一下。

以后，酒井见了李方同总是很客气地打招呼。

常规岛循环水进出口涵洞异型模板制作，准备包给香港厂家做。李方同找到日方拍胸脯，说："只要你们能设计出来，我们就能做得出来。"

日方原设计模板材料用 1.8 厘米的层板，既笨重又费工。李方同建议改为 0.9 厘米的层板，降低了成本，减少了工时，加快了进度。

为此，日方高兴地决定：

今后涵洞模板制作，通通采用李先生的方法。

1988 年 11 月，常规岛 1 号汽轮机厂房内的润滑油平台施工，比计划工期晚了两个多月，直接影响上部结构施工和整个进度。在这个节骨眼上，领导想到了李方同。

李方同立下军令状，他说：

一定按原定计划工期完成任务。

时值南国冬季，细雨霏霏，下个不停。李方同与工人们一起，整天穿着湿衣服在现场。当时，他的肾炎已到4个"＋"号，医生教他卧床休息，他也顾不得这些了，拖着虚弱的身体，继续上工地去督战。

李方同他们果然没有食言，施工工期终于比原定计划提前一天完工。后来，李方同回忆说："每次我看到润滑油平台就像看着我儿子一样。"

中建二局的高级工程师李建波，担任常规岛厂房中方施工队长的职务。他既管一线工地的调度指挥，又负责技术和施工进度安排。

他管理的工程在施工高峰时仅用210人，比1号汽轮机厂房施工高峰少用115人。工程各项控制点均按计划准点实现，外方很尊重他。

之后，日本前田公司承接了大亚湾核电站400千伏变电站后，向中建二局领导提出：

希望李队长能来领导这个工程。

工程师陈子林，年近六旬，负责常规岛的装修工程。他将英国的技术规范与自己几十年的施工技术经验结合起来，制定了装修工人培训和施工方案。

在施工中，他率先示范，严格把关，使汽轮机厂房1.2万平方米防滑地砖铺砌质量，全部达到英国规范要求。

后来，外方人员放心地把装修工程"全部拜托给陈先生了"。

李显燧是电气队中方队长，他肩负整个施工现场和营地的供电重任。他如饥似渴地学习新知识，在短时间内掌握了核电站施工现场的供电技术和"三国四方集团"使用的国外电气设备。

外方电气队长见此情况，干脆把全部工作交给他，自己则提前退场离开了大亚湾。

电气队的工人都这么说："凡是带电作业、危险地段、积水廊道的电气设施安装，李队长都自己动手，把危险留给自己，把安全让给别人。"

孟兴华，清华大学毕业生，1989 年 7 月来到大亚湾核电站常规岛工地。在短短两年多的时间里，他干过绘图员、验料员，后来到质保部负责档案管理。

他不管干什么都能很快进入角色，颇得中外方管理人员的青睐。

估量工作比较复杂，要对图纸和文件有较深的理解才能算得比较准确。于是，技术部主任工程师武田几经周折将小孟从质保部要过来，让他担任估量工程师。

此后，小孟虚心向从事估量工作的新加坡、中国香港同事学习，向经验丰富的武田先生请教，仅用一个星期就能独立进行估量计算。又过了半个月，武田对小孟的估算结果看也不看，就直接转估量部了。

汽轮机厂房"正 27.90 米"标高处，有 51 根砼柱顶

需要预埋直径 52 毫米，长 2.7 至 3.2 米，下端为 L 型的钢结构安装用螺栓。

柱顶面积仅 1.5 平方米，但最多的要预埋 20 根螺栓，而且螺栓轴线位移和垂直度误差不得大于 3 毫米，顶端标高不得大于 5 毫米。

所有工作，包括绑扎钢筋、支模、安装预埋螺栓、调整就位、浇筑砼等都在 28 米高空进行，四周都无稳定支撑，真是够难、够险的了。

中外方人员都是第一次遇到这种高难度的活儿，刚开始，干了一个多星期，才完成了一根柱的顶端预埋螺栓安装。

后来，施工队长薛运岳等人与外方技术人员共同研究，反复试验，终于摸索出一套新的操作法，一天就能安装两根柱的顶端预埋螺栓，而且全部符合精度要求。

在汽轮发电机基座施工时，基座上需要预埋各种型号的铁件 100 多件。仅 "正 16 米" 平台上，重量超过 1 吨的预埋铁件就有 19 件，其中最重的达 11.5 吨，最长的 6.88 米。

铁件表面是经过精工处理的设备安装面，在施工过程中不允许遭受任何损坏，而且轴线位移和标高误差必须小于两毫米。

中建二局员工和外方伙伴紧密配合，精心操作，严格把关，圆满完成了任务。经有关方面复查认定，所有大型预埋铁件精度的最大误差均不超过一毫米！

钢筋工李康明，30多岁，从外表看，给人的印象极为普通，但干活却是一把好手。

还在广东沙角电厂施工时，他工作就很出色，能熟练掌握英国的技术规范，可以吃透弄懂复杂的施工图纸，经他绑扎的钢筋，绝对检查不出质量问题。

到大亚湾核电站工地后，在坚持施工程序和技术标准方面，更是严格要求，一丝不苟。有一次，他在绑扎循环水沟钢筋时，一位外方技术员指责他不照图施工，他在对照图纸认真检查之后，坚信自己是正确的。

"官司"一直打到总经理部，经过反复核实，证明李康明的做法完全符合图纸要求。

日方副总经理诸冈非常欣赏他的技术水平和负责精神，破格把他提升为钢筋工程师，而那个外方技术员却被"炒了鱿鱼"。

1991年5月底，由中建二局承建的大亚湾核电站核岛常规岛土建工程接近尾声。

6月14日，深圳市副市长李传芳把一面"优质样板工程"的锦旗授予中建二局。这是他们承建大亚湾核电站行政办公楼、餐厅与制冷中心获得的丰硕成果和最高荣誉。

同年8月，常规岛土建工程基本完成。9月，广东省人民政府授予中建二局大亚湾核电站项目组"广东省先进集体"的光荣称号，表彰他们在核电建设中做出的优异成绩。

随后，中国建筑总公司指派专家，对常规岛土建工程，进行了全面的实地考察和鉴定。经过论证分析，专家们形成了完全一致的意见。

12月18日，几辆轿车缓缓驶入深圳新兴大酒店。中国建筑总公司主持的"中建二局大亚湾核电站常规岛土建施工技术与管理鉴定会"在这里召开。

国家计委、核工业总公司、国家核安全局、能源部、建设部、国际工程咨询公司、广东核电合营公司、深圳市建设局的专家们应邀出席。

会上，建设部总工程师许溶烈说：

大亚湾核电站工程是我国高科技重点建设项目之一，工程技术复杂，施工难度大。中建二局能博采众长，积极消化吸收国外先进技术和科学管理方法，使几个关键工期准时就位。工程质量优良，我向你们表示祝贺。

国际工程咨询公司专家说：

你们的管理和施工技术资料非常过硬，很能说明你们常规岛土建施工的管理与技术水平。

《鉴定意见书》认为：

中建二局在常规岛工程建设中，按照国际标准，结合国情，克服各种困难，开发应用了质保、质控体系成为中心的计划管理模式和成本控制等先进科学管理方法。

它使我国工程建设质量管理工作进入到第三阶段的新水平，是一项具有开创性的科技成果……

至此，由中建二局承建的大亚湾核电站核岛常规岛土建工程全部交付使用。

"东北虎" 开挖核岛地基

1987 年初，经过两年多的前期准备工作，大亚湾核电站工地的"三通一平"工程，以及一期防水帷幕等工程项目全部完工。

所谓"三通一平"，是指通水、通电、通路和场地平整。随后，核电站转入二期的主厂房核岛、常规岛、泵站的基础岩石开挖和辅助厂房基础回填等基础工程。

此前，就在吉林冶建公司负责施工防水帷幕的同时，在辅助厂房基础回填等基础工程的国际招标中，冶建公司又以"标价低、讲信誉、守合同、技术先进"再度夺标。总工程开挖量为 50 万立方米，回填土方为 40 万立方米。

要知道，核岛基础是在之前吉林冶建公司开挖的岩石小平原上，进行负开挖。这是一项艰巨而关键的工程。"东北虎"们能否啃下这块硬骨头，对他们来说是一次考验。

结构负挖，要求精度很高，按照法国电力公司的设计标准施工。整个施工管理由法国电力公司专家负责技术监督。在施工中不能超挖，也不能欠挖，正负允许差很小。

为此，有人开玩笑说："这哪里是在搞工程嘛！这简直就是在岩石上，精心地雕刻作品！"

于是，副经理唐寅生带领技术人员连班转，和工人们一同研究控制爆破方案。他们总结的方案是：

选准角度，减少偏差，统一深度，严格控制。

随后，大家说干就干。日本产风动液压凿岩机在烈日下晒得滚烫，钻头是一把刻刀，刻刀下要借用微量爆破来切割。这爆破如同在玉石上、蛋壳上刻画，牵动着工人们的心。

这不仅需要棱角分明，而且不准有裂损，对围岩的震动也控制在规定范围。施工中，操作手的汗水不停地掉在岩石上，但他们也不敢有丝毫的马虎。

爆破技术员尹国，当时只有 25 岁，是技术队伍中的一名新兵。他结婚不到半个月，就来到了大亚湾工地。

后来，他爱人快临产了，来了三封电报催他回去。可是因为忙于施工，尹国没有听到自己儿子呱呱落地的第一声哭啼。

由于肯钻研、重实践，尹国掌握了不少"绝活"。当他接到武汉工业大学教授、工程爆破专家刘清荣的来信，约写一篇关于"结构控制爆破"的论文，并邀请他参加爆破技术研讨会时，尹国欣然受命。

此后，他的论文得到专家的好评，并收入论文集。

同时，他还被全国青年爆破协会吸收为会员。

爆破队的工地上有一群"黑人"，那黝黑的皮肤居然会使探亲的人不敢相信，也不好相认。

爆破队队长王文阁是一个像铁塔一样的壮汉，每天在烈日下暴晒，脊背晒得黝黑发亮。他说："咱们都是这个色，比地皮还黑。"

曾经十分潇洒的李彬队长晒得实在太黑了，大家直为他"可惜"。他呵呵一笑，说："我不还算好的呀？比我还黑的叫于德湖。"

于德湖很少吭声，穿着短裤，赤胸露背，那两条粗壮的腿在滚烫的岩石上挪动，像两根柱子。

当时，他知道随后的防波堤工程吃紧，就要尽量维护那些拼了7年的老设备。所以，甭管多大太阳，就见他趴在或躺在大卸八块的机器旁，搞维修，搞保养。

就这样，他常常自己也是一身油泥。一年360天，大家伙儿就好像没见他穿过褂子，你说他能不黑吗？

在工地上，还有赵家哥俩，身高体壮。他们拿着手提式凿岩机，用身体支撑着凿岩时的强烈震颤，一会儿就累得一身汗。晒烫的钢钎都不敢用手抓，可在他们胸脯上顶着，就像没事儿一样。

另外，他们黑，还有一个重要原因，那就是在采石爆破工地上，没有一处可遮阴避暑的地方。

为此，王文阁感慨万端地说："哪怕汽车开来的那一会儿，咱们的工人热得没法，也想钻到下面去喘几口气。

汽车走了，就没处躲了，真像是在'地狱'里熬煮。"

铲车司机何伯军，中等身材，胖胖的，是个风趣的乐天派。

他操纵铲车每天调动几百次，坐在仅有一块遮阳棚的驾驶室内，粉尘、噪音、热气包围着他，可是，再紧张也影响不了他笑嘻嘻的劲儿。

有的姑娘坐着南下的火车，赶到大亚湾来举行婚礼。等了一天，大家也没见结婚的动静。第二天，大家遇到了准新郎官，就问："李义军结婚了吗？"

李义军说："结了。"大家很诧异地问："怎么结的？怎么一点动静都没有呢？"李义军说："就那么结的呗，能有什么动静？"这句话，把大家乐坏了。

于是，领导们很诚恳地表示："再来大亚湾结婚的新娘要去小车接！"可车却一辆也没派出去，姑娘还是一个接一个来了。

憨厚的胡绍元，结婚 3 天就奔赴南方了。那是 1988年 11 月初，小胡接到通知，让他 10 天内从吉林出发到深圳大亚湾核电站工作。

就这样，在这场特殊的"雕刻"中，"东北虎"们仅用 8 个月，出人意料地完成了负挖任务。

随后，他们小心翼翼地把最后一些碎石清理出去，然后调来了水泵，用水冲洗之后，再用抹布抹了一次又一次，最多的地方甚至达 6 次。

为此，有人开玩笑说："那些高级宾馆的地面，恐怕也没有这样擦过。在这里，真让我们开眼界了。"

此后，美国专家验收时，对这项工程的评价是：

整个工程的开挖质量令人满意！

澳大利亚和法国专家看过后，也赞扬说：

你们的工程，可以和世界任何一项核岛基础工程相媲美。

吉林公司筑造防波堤

防波堤是吉林冶建公司承包的第二期海工工程中的一部分。他们要在百米高山上开采石料，分吨级筛选，再从山上运下来。

运输队队长李长存首先承担这个任务。运输车的车毂常常被勒得发红，巨大的石块把车箱、后桥和油压支架砸坏压弯。

第二期工程期间，停一台车就要影响生产，修理班的人千方百计想办法，没有条件，大家就用笨办法。

他们用 100 吨油压机，把压弯的油压支架轴硬是拉直过来，把车桥用电焊割开，矫正直了再焊接上，用这种在车上打"补丁"的办法，保证了运输车不停地奔跑。

为了工作，修理班班长王学德却伤了老伴的心。他老伴因胃病需要手术，来了 3 封信催他回去，可他没有回去，后来老伴生气也不来信了。

于是，他又捎回 4 封信去询问，也没回音。他看到那如火如荼的工地，只是默默地摇了摇头。

他不无感慨地说："我也回过一次家，老伴都不认识我了，是俺孩子认出来的。"

马跃玉是在北京城里长大的青年人，以前下乡到草原，又招工到冶建公司，后来到大亚湾。

有一天，他笑嘻嘻地说着童年在北京的事儿，可第二天就喊腰疼。而且，疼得弯着腰就被送往深圳医院了，一查是肾结石。可第三天，他又弯着腰回来上班了。他说："结石不大，还能干的。"

原公司副经理杜文礼是个身材高大的汉子，因为突发性大面积心肌梗死，在大亚湾工地，他终于累得"彻底倒下了"。

刚刚送走杜文礼的骨灰，老经理杨凤鸣也有些支持不住了，到医院一检查是严重的糖尿病。住院一个月，他又匆匆回到了工地。

李恩来副经理有心脏病，可还是天天到工地指挥生产，他们把自己的汗水献给了大亚湾核电站。

1991年秋，大亚湾核岛高高耸立起来了。冶建人在这里苦干了7年，开采回填土石方700万立方米。那5条长长的防波堤，就是吉林冶建人的心血和汗水的见证。

三、 设备安装

● 有些为核事业南征北战多年的老工人深有感触地说："我们一辈子流的汗加起来，也没有在穹顶施工中的多！"

● 中法两公司协商决定："将23公司1000多人的管道队，交由外国主承包商直接管理，以解决'责权分离'问题。"

● 英国专家严厉指责和追究："这块钢板是从哪里来的？谁批准你们更换的？有无材质性能实验报告？质量是否符合英国国家标准？"

中方为核岛安装做准备

1988 年 1 月 14 日，中方 23 公司被确定为大亚湾核电站核岛的安装施工单位。

这天，在深圳，德戈、富泰、陈孔庆分别代表法马通、斯比公司和 23 公司在《广东核电站核岛安装分包合同》协议书上签了字。

早在 1983 年，陈孔庆便带领一干人马汇集北京，在和平里招待所一住就是半年。在这期间，他们反复研究伊朗核电站的图纸，收集、统计核电工程资料。

随后，公司派梁石祥等人驻深圳蛇口，联络跟踪工程信息，徐圣耀、杨生泉等走访中外合资企业、海关、税务、外贸，整理、汇编了大量投标资料。

此后很长一段时间，他们调查、考察、谈判，大家思考和议论的中心都是核电站建设。

深圳属亚热带海洋性气候，年平均气温为 22 度，夏季温度很高。23 公司投标组和其他工作人员，先是暂住深圳安装处木板房，后移师下步庙新村 23 楼和振华路103 楼。

为了节省开支，男人们挤在没有空调的陋室里，大家汗流浃背地查资料、核算、打字，常常忙到深夜。

在资金缺乏的情况下，23 公司编制核岛投标标书非

常费力。例如，一部标书正规 1200 页，正式数据有 30 多万个。

当时，核岛投标原则上要由有核工程施工经验的中外公司联合投标，而中国具有核工程安装资历的仅有 23 公司一家。因此，最后由法国法马通公司和斯比公司决定：

由三家共同承担大亚湾核岛安装工程。

《大亚湾核电站核岛安装分包合同》签字不久，23 公司有关施工设备、人员陆续开进大亚湾。

在距大坑水库不远的一块坡地上，23 公司开始进行工作区及生活区营地的临建工程。

建筑安装企业有个惯例，一干新工程，少不得张罗临建工程，称为"打前站"。

当时，临时指挥部决定，准备工作分成两个小分队，一队安装房子，另一队运设备和卸车。

考虑到将来便于拆卸移动，一些厂房购买活动房屋，包括管道、油漆、喷砂厂房及仓库、支架、食堂等 10 余套，大小不一，有的跨距 24 米，有的是 12 米。

为此，卸车的人一干起来就没有白天黑夜，只要车一到，就是半夜刚躺下也马上喊起来干。天下雨也不停手，人浇得像落汤鸡一样，脸上抹一把继续干。

一天中午，集装箱"食堂"刚要开饭，忽见一辆运载钢材的货车从广州开来，停在库前。

有人说："肚里都唱'空城计'啦，怎么办？卸不卸？"

卢福星没有二话，说："卸！卸完再吃饭！"

一批货卸完，已是 14 时多。

装卸人员刚吃饭，又来了运货车。于是，他们匆匆吃完饭，又动手卸起车来。

卢福星说："汽车喇叭就是命令。来多少我们就卸多少，绝不能让货物、台班在我们这里耽搁！"

加工厂先来的两个车间主任王大才、向兴龙，一来就投入苦战。钳、铆、管工、起重工，各项工程都不示弱，抢着干。

当时，23 公司"先头部队"的工作条件极其简陋，例如，去核电站工地，上下班没有班车，只能靠两条腿走路。临时小食堂设在集装箱里，几十个人一起吃饭、拥挤不堪。住的也都是凑合着，新盖的未交工的潮湿房子、简易仓库就是他们的宿舍，就连厂房里也铺了床。

与此同时，在深圳下步庙新村和振华路旁，即 23 公司驻地，一套为核电站安装工程准备的"规矩"，也在悄然制订中。周爱德参与了这项工作。

周爱德，1961 年毕业于西安交通大学焊接系，早先曾在上海交大读过两年，学习船舶和企业管理。

他毕业后分配到公司，先后参加过多项核工程安装。在大亚湾核电项目准备前期，他和有关人员数次赴香港、法国考察，为核电工程质保工作倾注了许多心血。

当时，23 公司驻地的质保工作规程的编制，主要由他负责。

在那一段时间里，周爱德他们集中了几十名中高级技术、管理人员，编制了核岛安装工程质量保证手册和各种工作程序。

年过 50 的法国专家巴沃是个有经验的质保专家，他工作专注，态度谨严，对工作质量要求很高。

有一次，加工厂承制的第一个罐将要到位，但相关的正式程序尚未编制，巴沃先生急了。于是，他下令说：

必须在三天内编出程序！

随即，有关人员聚在一起，大家查资料、编程序、商议、打印，忙得团团转。有一天，大家整整干了 18 个小时。

这期间，巴沃和中国同事一样忙碌。他一直在办公室坐镇，不时抽查一些程序方案。

有一天 3 时了，周爱德劝他说："巴沃先生，您劳累了一天了，请回去休息吧！"

巴沃看着程序资料，头也不抬，说："No，No！"

从 1988 年 7 月开始，在法国专家帮助下，23 公司汇集了所有的力量，其中包括各单位、部门负责人，参与了《核岛安装质量保证大纲》的制订。

这套质量保证大纲，根据不同的工程特点、进度，对核岛安装做了统一筹划。到同年年底，形成并发布了整套的质量保证手册。

1989年1月，即在核岛分包合同签字一年之际，23公司主要指挥机构由深圳市进驻大亚湾工地。于是，一场核岛安装的战斗揭开了序幕。

在合作中协调关系

从资历上看，23 公司虽然承担过大量的军用核工程和国家重点工程建设，也承担了包括秦山核电站核岛全部安装工程在内的高技术工程安装，但对承担由国外引进的大型核电站工程安装还是第一次。

由于大亚湾辅助管道的工程量大，质量要求严格，加上系统布局紧凑，管道、电缆、通风系统多处交叉走向，接口复杂，因此在安装之初，23 公司这个昔日的"核电王牌"就遇到了挑战。

首先是材料短缺问题很严重。为此，电气队队长刘记生向工程经理告急说："国外供货商发来许多装配材料不配套，领料单也不全，其余材料要在公用材料上查取。有的材料连供应商仓库里也无货，有的还没有从国外发来。现在缺料严重困扰某些优先区域安装！"

此外，由于大亚湾核电站整个设计在欧洲，现场发生大量接口协调和临场调整修改工作，有的还要返回欧洲研究处理。因此，辅助管道安装完工计划不得不做些调整，工程施工时必须有修改。

但更改不能在现场随意改动，要写修改报告到欧洲，原设计者根据原设计改了，再把图纸寄来才能继续施工。

于是，相应的问题也跟着来了。例如，为满足对安全的要求，某一部件作了加重加粗的改动，而原设计是很紧凑的，就会带来第二批、第三批相关部分的改动。

最糟糕的是，因为局部更改，大量的密密麻麻安装好的部件都要拆除。而修改后的图纸也就随之滞后了。

"图纸不到齐，核岛施工没法展开啊！"一位工程管理者向经理们说："这对安装的进度影响实在是太大了！"

就这样，23公司经历了许多难以想象的困难，一步步向前突击。

大亚湾核岛辅助管道水压试验，从1991年4月开始进行。水压试验是核岛主要设备及管道安装基本完毕后的一道重要的检验环节。

根据试验程序，它的每一个管子回路需要经过计划通知、清除先决条件、完成符合性检查等多项步骤。当主承包商和业主同意后方可进行水压试验，合格后在水压试验书上签字。

随后，试验开始了。经过管道队中外技术人员的配合，大家忙碌了一通，总算完成了两个子回路系统试压。但离4月份的计划量还相差很远。

管道队中方经理叫简礼有，他以前搞过许多核工程，而且大都是比较尖端的科学研究试验项目，在施工组织上很有经验。但在大亚湾的核岛，他总感到束手束脚，仅仅是水压试验，就令他感到困难重重。

水压试验卡壳的关键原因，是一些主要管道安装质量不过关，不符合法国标准。有的需要重新安装，因此便拖延了工期。

另外，还有施工管理滞后、安装效率低、语言沟通不畅等原因。

工期吃紧，这该怎么办？在公司的高层会议上，工程师们诉苦道："法方的原图纸，问题太多了，改都改不过来，而且修改的速度极慢！"

有人插了一句说："怎么回事？'老外'不是最爱讲'效率'吗？"

工程经理正色道："先不要指责别人！多从我们内部找找原因！多找找咱们自己的差距！大家想想看，一个我们自己认可的原件，到我们手里安装，返工达7次之多！大家想想看，这正常吗！这还能谈'效益'二字吗？"

中核总副总经理眉头紧锁，沉重地说："依我看啦，我们老23公司啊，不换脑筋，不吸收国外的新的、先进的东西不行了啊！还用我们建陆上模式堆、建秦山核电站的'土法子'苦干，我们就完了！"

听到这里，大家都不作声了。

最后，黄齐陶说："元件供应不合格、图纸改动耽误工期的事情，由我们来和法马通公司协调！你们就抓自己怎么换脑筋吧！"

随后，23公司采取了一个重大的改进措施，在管道队成立分临时党委，由公司副总经理尤国铎、马庆法分别担任党委书记、常务副书记。

于是，一场围绕核岛安装的整顿在各方面迅速展开。

黄齐陶在动员会上反复说："不整顿，就不能大踏步前进！整顿的目的，是为了适应大亚湾核电站建设的形势，保证核电站按计划顺利进行建设。"

整顿工作开展不久，以国务院副秘书长王书明、国家计委副主任姚振炎为首的国务院工作组一行 12 人，来工地进行调查研究，对老"核电王牌"的全员提出了新的要求：

一丝不苟，万无一失，一次达标！
团结一致向前看，团结起来一齐干！

于是，在随后的核岛安装工程中，出现了诸多可喜的面貌。

管道队黄恩班他们不等消缺单下发，就安排剩余力量主动消缺、补缺，打了许多个主动仗。

管道队王俊祥班在施工中有"新招"，他们采取分片包干到组的办法，人员自由组合，根据任务完成好坏有赏有罚。各小组相互比赛，形成了你追我赶的施工热潮。

电气队钢件分队张东清班，面对核岛大量难度很高的主、次托盘及各种电气箱盒、设备的接地工作，自信地说："外国人能干的，我们也能干！"果然，他们干出的活令主承包商的外国专家竖起拇指说："极其出色！"

通风队的王国平他们和实测技术人员相配合，制作出许多精美实用的保温外壳，受到专家们的好评："很棒！简直就是工艺品！"

就这样，到11月1日为止，据当时的统计，23公司管道队核岛辅助管道已完成计划总量的60%。并且，水压试验数量也达到一定水平。

此后，为了进一步加快工程进度，23公司领导同法国法马通公司协商，提议签署一份《理解备忘录》，决定：

> 将23公司1000多人的管道队，交由外国主承包商直接管理，以解决"责权分离"问题。

对此，有人表示极不理解，说："这不等于'卖'给老外做'苦力'吗?! 都新中国了，怎么还想得出这种'馊主意'呢？"

公司常务副总经理岳连科说："管道综合队由外商直接管理，是为我们自己找了一个'好师傅'，而且还不收学费。俗话说，严师出高徒，这'师傅'越严，咱们日后越有饭吃，你们有什么理由不理解呢？"

一番话，大家都不作声了。随后，23公司的1000多人管道队实现了平稳移交。

1991年12月15日零时14分，大亚湾23公司营地传来秦山核电站并网发电成功的喜讯，大家精神为之一振。

岳连科天天跟在法马通公司现场管理经理后面，看老外是怎么调教自己的"徒弟"们的。一旦看见"徒弟"们"受委屈"了，他就躲得远远的。

渐渐地，他看见"徒弟"们一天比一天进步，自己紧锁的眉头也舒展了。

另一位副总经理尤国铎坦率地说："我体会最深的是，要干好核电站，必须抓好工程质量、计划进度、合同预算、对外关系和人员思想五个方面。"

尤国铎曾任核工业中原对外公司副总工程师，在国外主持过工程技术工作，有多方面的工作经验。

他常这么说："在大亚湾，如果没有良好的中、外合作关系，我认为要建设好核电站是困难的。"

尤国铎常用英语直接与业主、主承包商外方专家对话。他说话干脆利落，语言流畅。但他读大学时学的是俄语，英语是自修的。

在对外关系上，他特别推崇英文中的 3 个词：

Strong（强有力的）、Active（积极的、主动的）、Reasonable（讲道理、公道的）。

他解释："这就是说，在同老外交往中，一方面表现出自己的力量，另一方面要积极、主动处理各种问题，并且持一种公道的态度，这才有利于双方的合作关系，有利于工作。"

1992 年 2 月 2 日，公司营地举行了一个隆重的"学先进赶先进"表彰动员大会。关纪群、岳连科、陈培田、尤国铎、朱志英等出席了大会。

在热烈的掌声和管乐声中，公司领导给新评选出的先进集体、个人颁发奖金和奖状。

"最佳一线工人"奖发给了 10 个工人，他们是：

万立杰、王国平、王建斌、刘士斌、张东清、张朝林、易恪明、贺家伟、郭福林、龚益辉。

核电 23 公司的全体员工经受了洗礼，迅速地成长起来。核岛安装也接近尾声。

1992 年 10 月 26 日，大亚湾核电站 1 号机组核岛冷态功能试验开始，标志着核岛安装工程基本结束，核岛性能调试工作全面展开。

配套设备安装工程开始

1988 年 11 月 22 日，东北核电建设公司与业主广东大亚湾核电站，关于承包《广东核电站 BOP 设备安装合同》正式签字。

BOP 设备安装，即核电站配套设备安装工程的英文缩写。为此，东北核电建设公司曾付出过艰苦的努力。

早在 1987 年秋，当得知大亚湾核电站诸多建设项目公开招标的消息后，东北核电公司副总经理林统、副总经济师潘澄明、翻译张洪波的 3 人投标小组，就从内蒙古千里迢迢赶来了。

东北核电公司的前身即为东北电业管理局第一工程公司。40 年来，它已在东北、西南、西北、华南先后建成 36 座大型火电厂。

当 3 人投标小组踏上广东这块热土时，他们的心情是复杂的。面前的竞争对手，来自发达的美、英、法、日，还有新加坡等。

下了火车，他们便一头扎进招待所，在闷热的房间里，夜以继日地着手翻译资料，编写标书。

在随后竞争常规岛土建项目时，他们虽然力挫法、英、日三国公司，但最后还是被山东核电公司拿去了。

3 个人回想起几下深圳，呕心沥血，多少个不眠之夜都化成泡影，感觉到"愧见江东父老"，几个人不禁热泪纵横。

首战失利后，他们迅速振作，经过一番权衡运筹之后，他们把目标指向另一个项目，即核电站配套设备安装工程。

此后，几个人经过紧张的测算、论证、谈判、报价，3人小组终于闯过了重重急流险滩。

1988年11月，东北核电建设公司承建核电站配套设备安装工程一举夺标。

大亚湾核电站配套设备安装工程，共计27个项目，东北核电公司承建21项。这21项工程包括：开关站和辅助变压器、除盐水装置、制氢站、压缩空气站、厂区管道、起重设备、全厂照明和通讯、辐射监测站和气象站等核电站的辅助设施。

1988年12月27日，即合同书签字一个月后，东北核电公司一支长达数里的车队，满载工具、设备和人员，从内蒙古草原出发，跨黄河、过长江，穿过11个省区，行程万里，浩浩荡荡地开进了大亚湾。

在南海边杂草丛生的荒地上，东北核电公司人马安扎了下来。几个星期以后，一排排简陋的宿舍和食堂出现了。3个月后，生活区、工作区、加工车间、设备仓库已连成一片。

1989年3月15日，是大亚湾核电站配套设备安装工程开工的日子。

剪彩仪式上，建设单位和外国专家称赞说："东北人合同签得最晚，进点最快，开工最早"。

林统总经理则表示："我们刚刚踏上起跑线，前面的路还很长。究竟我们跑得如何，还得请大家当裁判！"

开工之初，"黄牌"一张又一张亮出，东北核电公司的员工彻底搞"蒙"了：

白钢不能与碳钢合放一起！电焊火花不可溅到管子上！记号笔的颜色不得随意改变……

东北核电公司40年来一直沿用传统的管理模式：一个焊工不管怎么干活，只要焊口不漏水就算好样的；一个钳工无论怎样操作，能把螺栓拧紧，就算尽责……

这种无统一工艺规范，无统一工具，无统一技术标准的粗放型管理，在大亚湾被无数次地说："NO！NO！NO！"

这一切，弄得干了几十年的"老火电"对自己一点儿信心也没有了。于是，他们发牢骚说："在这干活太憋气。啥都讲'程序'，就像戴上了'紧箍咒儿'。"

但是，公司领导却不这样认为。他们深知适应大亚湾建设，必须更新观念，战胜自身陈旧的习惯。

公司领导从更深刻的意义上认识到，核电站的"安全"概念是安全管理思想的一次重大变革。大亚湾核电站从运行初期安全管理制度就是建立在"程序管理"的基础上的。

大亚湾的程序管理就是认为设备、人和管理都是可能出现失效的，为把这种失效的可能性减为最小，除提高设备质量、人员素质和改进管理外，还必须采取一系列的防范措施，即预防、监督和在万一出现失效时必要的响应对策。

"程序"管理就是要将现有和即将制定的安全管理制度通过落实成文件的形式固化下来，这样在执行的过程中才能够有依据。事实上，管理体系的目的也是通过制定出一套完整的"程序"文件来提高全企业的管理水平。

于是，一个学习"程序"，执行"程序"，将工作纳入"程序"管理轨道的旋风，吹向了东北核电公司工地的各个角落。

从经理到工人，每个人都在细细咀嚼那陌生的"程序"，像咀嚼当地的特产"青橄榄"。渐渐地，大家品出了些滋味。

一名工程技术人员说："程序实质就是岗位责任制，是规章制度、工艺规范、技术标准、工具使用和工作方式的综合规定。"

从此以后，在大亚湾工地，人们张口程序、闭口程序。工人上岗，第一件事就是要程序："有程序吗？看看程序怎么说的。"

从此以后，大亚湾流行一句最具权威性的口头禅，叫作："一切按程序办事。"程序，像一张王牌，开始主宰着这里的一切。因而，这里没有了长官意志，没有了君子协定，没有了是非莫辩的争吵。

从此以后，这里的施工程序多如繁星，办公室、资料室、工棚里，程序文本比比皆是。

例如，对接一道焊口要经过 20 道程序，拧一根膨胀螺栓也要有几道程序，变压器运到码头有程序，卸下船有程序，装上车有程序，拴绳子有程序，运送途中有程序，卸车还有程序。

从此以后，焊接工人进入作业区时，必须按程序背上 5 公斤的焊条保温筒，否则，焊条便不能使用。

"焊条领料单"每人一张，领一次焊条填一张领料单。领多少、什么型号、用在什么活上，剩多少，一笔一笔都准确无误。

在整个工地上，再也找不到遗失的焊条了。一名焊工对此深有感触地说：

> 过去我是拿起焊把就干活，不漏水就满足了。现在我得先拿程序，看看是怎么说的，如果坡口不对、位置不正，不管谁说，我都有权拒绝操作，程序保证了我的责任和权利。

至此，"程序管理"形成了良好的生产秩序。

供应科 4 个大库房里，几十万件设备材料存放井然有序，库房划分为若干区域，标记醒目。

领料人只需几分钟，便能在物资的海洋中找到所需的东西。那种"剪不断、理还乱"的库房旧现象已经荡然无存。

供应科青年工程师白永波把本部门所有程序都输进计算机中，制成了一份"设备动态控制表"。

一件设备的全过程，包括箱号、零件号、类型、数量、领用量、存储量等等，来龙去脉，只要打开计算机，便一目了然。

白永波说：

> 大亚湾的程序管理，等于让我上了一次大学。

掌握技术苦战大亚湾

掌握了"程序"的东北核电人，又拿出了自己吃苦耐劳的好传统。

配套设备安装工程中，有一个不起眼的项目，叫生水管线，全长1608米，从大坑水库延伸到施工现场，这是一条淡水供应线。

业主大亚湾核电站提出：

> 为满足其他工程需要，你们45天要铺好这条线路。

当时，正是大亚湾酷热的季节，烈日当空。1.8米深的地沟里，泥渗水、水渗泥。工人们光着脚，赤裸着上身弯腰在沟里捞泥、排水、铺设管道。

大家白天连黑夜、黑夜连白天地干。32天后，管线接通了，沟也填平了，比计划提前13天。

40万开关站工程，是国内最大的室内开关站，它的作用恰如水库拦河大坝上的闸口，电流从这里输出，进入电网。

为此，法国供货商不止一次说："工程太复杂了，东北人恐怕干不了。"

而东北核电公司偏偏要争这口气。会战前，林统、吕松海等公司领导号召说：

> 干好40万开关站，事关重大！东北人的声誉，中国人的声誉，在此一举了！

还没开工，工人刘保安就急红了眼，他说："要是干砸了牌子，我从大亚湾爬着出去！"

安装封闭母线，是最关键也是最艰苦的活。刘保安小组负责啃这块骨头。1400米长的母线，装在管子里。管子直径只有0.6米，仅一肩之宽。施工要求又非常严格，内壁必须绝对干净，一尘不染。

刘保安和他的伙伴们，光着膀子，只穿一件短裤，钻进管子里，艰难地用白布蘸着氟利昂溶液，一点一点地擦洗，光布就用了3000米。管壁上的毛刺，用砂纸一下一下地磨掉，砂纸用费了数千张。

当时，正是大亚湾的盛夏，空气的闷热加上氟利昂的怪味，呛得人透不过气来。他们在管子里坐不下、蹲不下，只好躺着干。

艰难困苦终于熬过来了。那位担心中国人干不了的洋先生验收时，用白布擦拭，居然无一粒尘埃。面对中国人的吃苦精神，他终于折服了，感慨地说："中国人了不起，我将永远记住这次合作。"

张堰小组负责安装四台循环水泵，这是当时国内最大的水泵。张堰对他的伙伴说："我们从未干过这么大的水泵，不能有半点马虎差错。"

组员是几个小青年，都很上进，他们当即表示：我们干大亚湾核电站很幸运，要在这里学点真本事。

于是，几个人一遍又一遍地看图纸，翻程序，回到营地宿舍也在琢磨。当他们吃透图纸和程序之后，发现程序里有漏洞，便找到英国供货商埃文斯先生提了出来。

埃文斯心里暗暗吃惊：几个中国小伙子有这个眼力吗？听他们说得头头是道，埃文斯也犹豫了。于是，他同英国伦敦联系质疑，得到答复是"中国人说得对"。

于是，英国专家在中国工人的参与下，心平气和地重新修订了程序。

张堰小组在测量水泵间隙时，遇到了难题。泵体内非常狭窄，穿着衣服手伸不进去。他们便赤膊上阵，胳膊被划伤，皮被磨掉，鲜血滴在了泵体上。

就这样，4台水泵共测了80次，得到了最精确的数据。事后他们说："那活可真苦，一边滴血一边干，当时真想哭。"

清洗齿轮箱时，更艰难的考验来临了。箱体直径1.5米，中间又放着齿轮，没有人待的地方。他们从一个圆孔爬进去，贴着箱壁斜立着，不知有多难受。

况且，他们还戴着防毒面具，长筒皮手套，穿着水靴。就这样一遍又一遍地清洗。封闭的齿轮箱像个火炉，人出来时，手套、靴子里的汗水哗哗直响。

那些流血流汗的日子，他们终于坚持过来了。他们说："干这些活时，虽然很苦，但心里踏实。因为我们对核电站尽了职，对得起国家，也对得起自己。"

工地有一个小伙子，长得相貌堂堂，一表人才，工作也相当出色。在家时，同一位姑娘结婚手续都办完了，还没来得及举行典礼呢，就随大军来到了大亚湾工地。

不久，未婚妻先是来信催，最后又下了"通牒"，要他回家办喜事。可是他太忙，今日推明日，明日复明日。

姑娘等不及了，只好又寄了一封信说："我对你个人很满意，可你的工作岗位叫人无法接受。现在，我连你的模样都忘了。咱们还是离婚吧！"

读完信，小伙子傻眼了，苦闷消沉了好一阵子才缓过来。后来，他说："咱干的这行业，过的就是'流浪'生活，不是一年两年，一辈子都这样。人家想不通，怪不得人家。可是叫咱离开这行业，咱还舍不得呢！"

还有一个家住内蒙古的工人，来大亚湾那天，他的妻子抱着还不会说话的儿子给他送行。上车前，他亲了儿子好几遍。一晃两年过去了，他回家探亲，小家伙当然很高兴，但就是不叫爸爸。

晚上，该睡觉了，儿子都不让他上床，先是小声说："叔叔，你走吧！我们该睡觉了，明天我得上托儿所呢！"接着又哭又闹，折腾到半夜，才抽泣着睡着了，脸蛋上还留着泪珠。

望着睡去的儿子，这个大男人禁不住黯然泪下。他想：等孩子长大了，他就会理解我为什么"走南闯北"。

东北核电公司人马开进大亚湾之前，一位年轻的高压女焊工听说是要来大亚湾建核电站，就争着抢着来了。

她说："我家里啥也不缺，绝不是为钞票来的。就听说这里引进了先进设备，先进技术，就非常好奇，想见见世面，学几手新活儿。"

当时，她做通了丈夫的工作就随大队人马来到了核电站工地。她家在内蒙古，来大亚湾两年多，中间只探亲一次，来去匆匆，刚好一个月。

她说："我渴望过常人的生活。不怕你笑话，我想丈夫，想儿子。那年中秋节，月亮又圆又亮，我同几个姐妹坐在露天剧场看电影，片名叫《妈妈再爱我一次》。我看着看着哭了，姐妹们也哭了。

"我身为人妻、人母、父母的女儿，我应当尽职尽责。可是对于丈夫、儿子、父母，我都完全失职了。我当然难过，愧对亲人，但没有别的办法。干这个行业注定了就是这个样子。

"我从小就很犟，好胜心强。我总觉着女人不比男人差。大亚湾按法国标准培训焊工，很严，差一点也不让上岗。我就不服那个劲儿！

"法国标准，男人能干，我也能干。我从现场捡回废钢管头，白天练，晚上练，顶着月亮练。我来大亚湾，不就为了这个嘛！后来，我终于上岗了。"

大亚湾太热。她是北方人，这酷热也挺过来了。每天钻地沟干活，里面又潮又热，而她一天最多用过 10 公斤焊条。

每次蹲得太久，她连站起身来都困难。收工时，走不出地沟，怕别人笑话，焊帽也不想摘。

当时，每个焊工的工作服都被焊花烫得像筛子眼，而她的工作服胸前烫得像生了天花似的。

她说："我这两年，问心无愧。我干过的焊口从没返工。付出了很多汗水，但很欣慰。一走进现场，心里格外亮堂。

"看着大亚湾核电站一天一天成型了，我打心里高兴。我是个工人，不会说大话，唱高调。我真的自豪，我为中国的核电站出了力，流了汗。你说，这不就是一种回报吗？

"这就如同女人生了孩子，很痛苦，但又高兴。因为儿女是自己身上掉下的肉，她养育了一个新的生命！"

1991 年底，东北核电建设公司如期完成了大亚湾核电站配套设备安装工程。这标志着大亚湾核电站的土建、安装工程接近尾声。

随后，大亚湾核电站 1 号机组进入设备调试和程序调试阶段。

1992 年 10 月 26 日，大亚湾核电站 1 号机组核岛冷态功能试验开始，标志着安装工程基本结束，性能调试工作全面展开。

1993 年 4 月 25 日，大亚湾核电站 2 号机组核岛冷态功能试验开始。

6 月 1 日，大亚湾核电站 1 号机组完成首炉核燃料装载。8 月 31 日，大亚湾核电站 1 号机组首次以核能发电状态并网试验成功。

11 月 27 日，大亚湾核电站 1 号机组首次达到满功率。

1994 年 2 月 1 日，大亚湾核电站 1 号机组正式投入商业运行。至此，大亚湾核电站累计投入的建设资金，控制在可行性研究预算的 40 亿美元之内。

2 月 5 日，国务院总理李鹏在深圳市迎宾馆举行招待会，接见参与大亚湾核电站建设单位的主要领导人和中外主要来宾，庆祝大亚湾核电站 1 号机组投产。

1994 年 5 月 6 日，广东大亚湾核电站 2 号机组并网发电，投入商业运行。

12 月 3 日，大亚湾核电站 1、2 号机组累计发电量 100 亿度，提前 29 天完成 1994 年全年发电计划。由于发电量增加，电价相应降低，且低于香港的计划煤电价格。

至此，披荆斩棘、轰轰烈烈、创业 10 年的大亚湾核电站建设，终于画上了一个圆满的句号。

同世界知名公司合作安装常规岛

1989 年 1 月，山东电力建设总公司开进大亚湾，同法国、日本、英国等数家在国际上颇有名气的大公司一起，担负起安装大亚湾核电站常规岛的重任。

在此之前，山东电力建设总公司在国际投标中，经过严格的技术评审和激烈的竞争，以合理的标价和雄厚的技术力量赢得了常规岛的安装合同。

所谓常规岛安装，即核岛输出的高压热能水蒸气，在这里驱动与火力发电类似的汽轮机。因此，对整个系统的安装，俗称为常规岛安装。

山东电力公司开进大亚湾后，抽调精兵强将组成了我国第一个冠以"核电"二字的工程公司。

按照合同规定，整个常规岛安装由英国通用电气公司为技术总顾问，山东核电公司只有施工权而没有技术决定权。在施工现场，他们要接受几十个外国专家的检查监督。

此外，远在欧洲的国际原子能机构随时对核电站的每个工程以至工程的每个环节，都要进行全程安全、质量监督。若发生不能达成妥协的合同纠纷，必须到荷兰海牙的国际法庭去"打官司"。

在这里，信奉的不是长官意志，而是国际工程所要求的严格管理模式、国际通用标准、国际惯例和法规。"按合同办事","照程序办事",就是这里的"铁律"。这就涉及与国际接轨的问题。山东核电公司和很多企业一样,走的也是一条引进、消化、吸收、创新的道路。

从大亚湾建设第一天起,因为核电的特点是高风险,知识、技术是密集型的,山东核电公司意识到肩负的社会责任,所以在开始就注重协调,努力接轨,以发展核电、造福人类。

山东核电公司与业主签订的《常规岛安装合同》近4000页,规范企业每个细微行为的工程程序有3500多个,文本摆满了一书柜。程序多,文件就跟着多。

他们所制定的制度是程序至上,职责、分工、流程都是用一套很庞大的程序加以规定。如现场的操作也是程序至上的,没有程序不能操作。建很多的操作程序,一步一步地执行,如果说没有程序,就先写下来,审查批准了再去执行。

再如人员的培训,全员系统化的培训制度,保证员工能够有足够的知识、技能、态度,特别是关键岗位。

他们除了学习成功的东西,更需要学习自己的失误,所有发生的事件都得到报告、分析、分级、纠正,从而逐步建立了一整套完整的系统。

在英国人担任文员的文件中心,6台复印机每天8小时一刻不停地运转,名副其实地制造着"文山"。

外国专家告诉他们说:"什么时候你们发出的文件和

汽轮发电机一样重了，常规岛也就建成了。"据后来的估测，到常规岛安装工程结束，文件纸要重达 105 吨。

开工伊始，安装现场便出现了一系列在以前被视为正常、甚至应受表彰，而在这里却被定为"违法乱纪"的事。

一台大型设备在运输途中受到一些磕碰，使操作台踏板上一块巴掌大的钢板变形。工人们主动更换了这块小钢板。谁知，业主和英国 GEC 公司专家对此进行了严厉指责和追究：

这块钢板是从哪里来的？谁批准你们更换的？有无材质性能实验报告？质量是否符合英国国家标准？操作是否有程序？程序是否经过批准？

焊工是否受过焊接此种材料的培训？有没有培训证书？证书是否在有效期内？购买焊条是否经过批准？焊条生产厂家有没有质量保证体系……

为了这一小块纯属装饰性的钢板，山东核电公司上下折腾了 27 天。

工地任务紧，机关干部下到一线参加劳动，不料引来了老外的一番质问：

你们是否受过专门培训？有没有上岗的合格证书？

于是，怀着满腔热情而来的干部们窝着火离开了工地。不仅如此，他们刚干完的活儿，又由有合格证书的工人们重新返工。

共青团利用夜间开展劳动竞赛，业主专家马上发函抗议：

在一定程度内，速度和质量存在着绝对的反比关系，这样的比赛不受欢迎，必须禁止！

没办法，干完的活，又不得不全部重来。

后勤人员到工地为职工送来饭菜，外国管理人员又是一番斥责：

哪条规定允许在工地吃饭？谁能保证不掉一颗饭粒？如果掉下的这颗饭粒引来一只老鼠怎么办？如果这只老鼠咬断电缆怎么办？

1号机冷凝器的安装，程序上规定应在主行车投入使用的前提下进行。然而，由于英方原因主行车不能按时投入。

为了不延误工期，山东核电公司决定不等不靠，经过严格测算，采用汽车吊装方法施工。业主发文对此表示"令人惊讶"、"令人不可理解"。结果，不仅活儿白干，还倒搭了几万元吊车合理费用。

就这样，开工后第一次接受业主检查，山东核电公司竟吃了 19 个"不符合项"。业主和英国的技术顾问"深感震惊"，当即对山东核电公司的管理能力表示怀疑。

一位法国核电专家则直言不讳地说：

> 中国传统的施工方法不适应大亚湾核电
工程！

为此，曾经指挥过 11 座大中型火力电厂建设的山东核电公司总经理王镇信大受刺激。面对这新的挑战，王镇信狠狠地发誓说：

> 我老头子死在大亚湾，也要完成常规岛安
装任务！

王镇信并不回避自己公司所处的"不适应"的尴尬局面，他对大家说：

> 来到大亚湾，我们是"小学生"上"大
学"。一定要虚心学习国外先进的管理技术，尽
快适应按国际标准施工。常规岛安装一战只能

成功，不能失败！

此后，工地上没有烘托气氛的彩旗，没有用来振奋人心的标语，更没有表扬好人好事或鼓劲"加油"的高音喇叭。因为不准许。

还有令内地更"不可理解"的一些"不准许"：

办公室里不准许摆放报纸、杂志；8小时之内不准许召开一切与生产无关的会议。

无疑，大亚湾是一个小"联合国"。在工地上工作的有来自30多个国家和地区的近1000名专家和1.2万人的施工队伍。据港报称，大亚湾是除北京使馆区外最大的外籍人社区。

王世瑜曾感慨地说：

在外国人面前，我们要展现出改革开放中的中国工人的新形象啊！

党委副书记韩世洪虽然才三十几岁，但同记者谈话时语调十分深沉，他说：

我们的焊工穿着白色的帆布工作服，在40多度的高温下作业，一天干下来，前面烤糊了，后面湿透了，厚实的帆布脆如薄纸，一撕就碎了。

这样的劳动强度，一个人月收入仅为老外月收入的1/70。为什么相差这样悬殊？因为我们出的是劳力，而人家卖的是"管理"、"技术"！谁不感觉到耻辱、羞愧！什么是爱国？什么是争光？还用说吗?!

所以，在这里，我们下决心，要练就一支不是以廉价劳务输出，而是以现代国际规范化管理和技术的实力与国际同行竞争的队伍！不这样，我们便不能走向世界！

知耻而近勇。此后，公司开始自觉地接受并树立了一种全新的管理观念：

合同意识、程序意识、质量至上意识、效率意识。

他们开始发奋学习并掌握全新的管理技术：

QA管理、QC管理、里程碑付款、违约索赔、不符合项、见证点等等。

他们按照国际质量管理的要求，建立了至高无上的管理部门即 QA 部。

QA 是英文"质量保证体系"的缩写，其简明定义是："为了使某一物项或装置，在未来使用中能满意地工作而进行的有计划、有组织的活动。"

为此，山东核电公司把它归纳成：

> 由合格的人员，依照合格的程序，使用合格的工具或设备，以达到合格的质量目标，它排斥任何行政命令的干扰，不受任何工程进度和费用的限制，对工程执行强制性的质量监督。

山东核电公司为保证程序执行的效果，首先采用了培训的办法。培训的对象包括程序的执行者以及相关人员，培训的内容以程序制定的背景、程序的要求、程序执行的流程所要达到的目标为主体。同时，程序化管理的培训是全过程的，贯穿于整个管理过程中。

培训结束后，要在执行过程中设置人员对执行的流程、效果等进行检查，并及时反馈到相关部门。同时按照动态管理的要求，对与公司实际情况不符的程序，随时根据管理工作的真实需要进行各方面的完善，最大程度上减少程序执行过程中的偏差。

公司采取的闭环管理措施，就是每一个具体的程序从发出到执行再到反馈调整是一个完整的闭环，这种设计使每一个程序都能得到有效的落实，保证了程序的效果和效力。

程序的动态管理确保了程序文件的有效性和唯一性；闭环管理又保证了程序的执行得到充分验证。

通过程序化的管理，山东核电公司有效地规范了项目整体管理、系统管理，使每一项工作，每一个环节都处于可控、在控状态，真正达到要求。

山东核电公司的质保部花了500个工日，制定出从A版到D版包括质量保证大纲在内的23个质量保证程序，耗用了6万多张纸，若叠起来，厚度竟然超过5米。

这些质量保证程序，不仅对使用的工具、材料、零部件、辅助设备等必须进行严格的检测，而且每个上岗工人的素质、每个管理人员的能力，也都要随时接受测试、审查，不合格者重新进行培训。

质量保证程序还规定：

连续6个月以上脱离本专业岗位的员工，要重新返回岗位的，必须重新考试，以取得资格。

山东核电公司的质保部中方职员，是我国第一代质保管理人才。过去，他们对这个标志着国际质量管理"第四次革命"的质保体系，几乎闻所未闻。

后来，他们的工作不仅得到了业主的承认，就连国际原子能机构专家组也一再给他们亮出"最高分"。

国际原子能机构专家组是权威性机构，每年都对大亚湾核电工程进行检查。检查评价共分 5 个级别：满意、可接受、有严重缺陷、不满意、不可接受。

山东核电公司在每次检查当中，都获得"满意"评价。有人说，这种评价，比在国内夺得"金牌"更可贵。

此后，山东核电公司人不仅学会了国际规范化管理，而且学会了运用合同、程序这些"国际武器"来维护企业的合法权益。

比如，一位从事技术服务的英国"队长顾问"，不认真工作，糊弄差事，对不起，按合同"炒你鱿鱼"。

再比如，安装 5700 米电缆托架，因设备供货方面的原因，表面镀锌出现脱落。他们一面组织返工，一面按合同与外商谈判，索回赔款 78 万港币。

就这样，山东核电公司，这个大亚湾核电站工程中的唯一的一个由中国人中标的主承包商，终于摆脱了由"不适应"产生的种种困惑，在合同、程序的约束中获得了自由。

他们初到工地时，平均工时利用率只有 50%，据说这在全国同行业已属高水平。但是到了后来，已经达到 90% 以上。

1990 年，全员劳动生产率突破 5 万元，创造了全国同行业最高纪录。他们不仅在工程质量、程序管理方面与外国名牌公司并驾齐驱，而且在工程进度上遥遥领先。

为此，业主工程部的美籍部长奈特维尔先生致信公司总经理王镇信说："山东核电公司给本电站的建设，带来专业上的自豪与荣耀。"

常规岛安装技术顾问、英法通用电气阿尔斯通公司总裁戴维森先生说："如果我们需要再次在中国选择合作伙伴，第一个就是山东核电公司。"

国际原子能机构及美、德、日等七国核电专家，在对常规岛安装工程进行全面评审后，作出了这样的鉴定：

> 山东核电公司在质量控制和施工作业方面达到了国际标准，某些做法堪称典范，值得推而广之。

1991年10月，李鹏第九次视察大亚湾核电站。看了常规岛的进度后，他兴奋地说："山东核电，堪称一支好的队伍。"

1992年1月5日，新年伊始，各大报在头版的新闻报道：

> 大亚湾核电站一号常规岛900兆瓦汽轮发电机组，继年前临时冲转达到额定转速顺利结束之后，又取得了一次并网调试成功的佳绩。

至此，山东核电公司通过了大亚湾常规岛安装建设，同时也完成了自身的蜕变。

核岛外围安装首战告捷

1989 年 5 月，23 公司员工开始积极投入施工前的各项准备工作。随后，由 48 名工人组成的管道施工队开始施工。在法国专家的指导下，各项临战前的培训也全面铺开。

与此同时，公司制订了详细严密的施工作业计划，80 多种施工程序也得到了法方认可。材料、设备、工机具及后勤保障工作也正紧张筹备。大家摩拳擦掌，决心打响管道施工的第一炮。

开工之初，他们遇到的第一个挑战就是，安装期由原计划的 85 天压缩为 50 天，时间紧，任务重。

喷淋系统是把四圈 10 厘米至 20 厘米的不锈钢管道，按不同标高安装在穹顶钢衬里上。

喷淋系统共有 506 个喷头，四条 25 厘米的不锈钢主管道穿插其间、若干支管纵横相连。

还有两条 25 厘米的碳钢空气检测管道，是由下而上，直通穹顶最高点的。

这个系统是确保反应堆安全的重要系统，安装质量要求很高，管道安全标准属于核 2 级。

按施工规程规定，这些管道所有的焊口需经过 100% 的外观尺寸检查，100% 的射线照相检查，100% 的液体渗透检查。

另外，管道支架、底板的位置、底板上锚固螺栓的位置、底板上支架的位置、锚固螺栓紧固力矩、底板油漆、焊缝的目检、标记、几何符合性、支架与管道的间隙等共 15 项，都有质量控制要求，每个支架有一份检查合格的报告。

安装喷淋系统的施工环境很艰苦，工作场地十分狭小，又都是高空交叉作业，工人们基本上是紧靠钢板仰脸施工，作业条件极其困难。加上当时正是大亚湾的酷暑季节，工期又非常紧迫。

对这些不利因素，要保证优质、高速，大家只有豁出命来拼抢。

首先开进穹顶的是 16 名身强力壮、生龙活虎的起重工。他们要在穹顶内分四层搭起满场脚手架，每层跳板宽近两米，工期只有 5 天。

16 个起重工进场后，摆在他们面前的第一个难题是，制作穹顶时的脚手架，纵横交错，密密麻麻，布满整个作业区，人进去都无法行走。

大家心里想，拆掉重搭吗？必然耽误工期。看着这些纷乱的架子，还真有点儿一筹莫展了！

担任起重指挥的杨才蕴，性格非常开朗，一天到晚总是笑呵呵的，好像从来不知道什么是愁。但是，当他接到这个棘手的任务时，看着领导焦急的神情，他还真的犯起愁来，愁得他吃不下饭，睡不好觉。

杨才蕴心想，不管怎么说，安装工程也不能在起重工手里卡了壳，误了工期。

于是他横下一条心，带领几个骨干赤膊上阵，到现场勘察测量。

几个骨干绞尽脑汁，画了几十张草图，又在公司技术员的帮助下，很快拿出了最佳施工方案。

杨才蕴他们根据场地小、高空交叉作业多、运输难度大等难点，决定采取化整为零，分散施工，全面开花的战术进行起重施工。

人们看见，在蒸笼般的穹顶内，这群壮汉轻如狸猫，敏如猿猴，每天在脚手架上爬上爬下。

谁也无法算出，他们上一根杆子，紧一个扣件，运上一块跳板，究竟要流多少汗，要费多大的力气。

当时的场面是，指挥的哨子声、金属的撞击声、队员们的呼喊声响成了一片。

高强度的体力消耗，长时间的劳动量，长时间的大汗淋漓，使大多数队员的表皮神经都麻木了。大家碰伤了不知道，划破了不觉痛，杨才蕴他们当时只有一个信念：快！要快！

起重骨干王光斌虽然只有26岁，却已有近10年的工龄。他机灵聪明，又爱动脑子，碰到难活，能想出一串好点子，是班长的得意高参，班里的顶梁柱。

起重队进入现场那天，他收到爱人住院要开刀的电报，是走是留，搅得他心神不定，进退两难，经过一番郑重掂量，他决定不走。

于是他给爱人写了一封信，希望得到她的理解。

8月2日夜间，最后一块跳板铺完。这比预定的工期提前了两天。

短短3天，杨才蕴他们光是活动门型架就用了800多块，各种扣件8000多个，跳板700多块，架子管20多吨。十几个人望着自己拼死拼活、用汗水泡出来的一层层整齐的脚手架，看到公司领导那双布满血丝的眼睛里流露出的欣慰，大家都高兴得手舞足蹈。

8月3日一大早，法方专家走进现场时全部惊呆了。他们连声惊呼说："太不可思议！太不敢想象！简直是魔力！你们的工人是不是都会中国武功？"

随后，核电合营公司、法马通·斯比公司安全部门对起重脚手架经过严格检查，确认各项指标符合要求，签字同意使用。

起重工初战告捷，为管道安装赢得了时间。

杨才蕴他们没有松劲，紧接着就开始进行搬支架、运管道、送氩气、上设备的工作。

8月的大亚湾，骄阳似火，直射在穹顶钢板上。穹顶钢板像烧过的烙铁，谁碰上也会被烫得直叫。

这口"大锅"几乎是全封闭的，又无通风设施，照明只能用十几盏碘钨灯，外烤内烘，整个作业区好似一座大火炉，温度最高时达58度。

在这样的环境中，不要说干活，只要待上三五分钟，也会汗如雨下。对于这些从北方初来乍到的安装工人，真是一场严峻的考验。

在脚手架上的头几天，大家被热得头昏脑涨，心慌胸闷，喘不过气来。但只要一下到地面，立即感到呼吸通畅，周身轻松，有一股凉爽感。

以至于到了后来，当他们走出穹顶时，即使是站在强烈的阳光下，风一吹，他们的身上也会"冷"得起鸡皮疙瘩！

酷热迫使男人只穿一条短裤，汗水爱怎么淌就怎么淌呗。但是，焊工就苦了。为免受电弧灼伤皮肤，必须穿一身厚厚的白帆布工作服，男焊工还可以反穿上衣，尽可袒露出脊梁透透气；女焊工那就难了，只好强忍着高温的折磨。

女焊工花兰英，焊了一小时，脸色就变得苍白，在场的队员劝她停下来，下去喝点水吹吹风，可她不肯。她只休息了一会儿又奋不顾身地焊起来。常常是中午下班时间过了，才完成这个焊口。当时，她全身湿透了，像从水里捞上来的一样。汗水顺着头发、裤脚往下滴，跳板上都湿了一片。她只觉得头昏目眩，心里一阵难受就倒下了。

严酷的工作环境，使亲临现场指挥的公司经理们震惊了，他们让行政部门给一线工人送来汽水、绿豆汤及含盐的白开水。

水，当时成为大家的第一需要。于是，各种饮用水源源不断地送到了脚手架上，送到了每个人的身旁。

不论哪个工种，只要停下手中的活，第一件事就是痛痛快快地狂饮一番。

然而，喝下的水，不久又化为混浊的汗水流掉了。

大量流汗，大量饮水，不少人四肢无力，中暑现象时有发生。

为了防止自己趴下，有些工人自己用食盐调制饮料，有些人用小瓶装些精盐，喝汽水时捏点盐放进嘴里，简直像吃药。

大家这样做，中暑的人是少了，可谁也没想到，连身体强壮的优秀焊工张海波都病倒了。

开工20多天，张海波一直玩命地工作着。每焊完一个口，工作服可以拧出一串串汗水。

有段时间，他觉得自己的两条腿有些痛，而且一天比一天重，就找了些止痛膏贴上。贴了几天，也不见疗效，走路一瘸一拐非常吃力。

大家劝他到医院看看，他说："不行啊，焊工太少了。兴许是累的，不妨碍干活。"

日复一日，张海波忍着病痛又坚持了10天。

一天夜晚加班时，他已力不能支，只好跪着焊，跪也跪不住了，求两个队员抱着他的腿支撑着，焊完最后一遍。当时是22时左右，虽然张海波的腿已不听使唤，可手臂还有些劲，于是他慢慢试着从9米高的架子上往下移动，心里念叨着："千万不能掉下去！"咬着牙费了很大劲才下到地面，然后他扶着架子一步一步挪动。

刚迈出几步，就摔倒了，摔倒了，就再爬起来。这样三番五次地，他已经有气无力了。

当时他想，工期这么紧，还是不要惊动大家，自己爬也要爬出去。

短短的 10 多米，他歇了好几次才挪出现场。

队员们还是发现了他，当即把他抬上车，送到公司卫生所。

第二天一大早，领导们看望他。当时，张海波还想去上班，可是他的腿已经不能动了。于是，他很快被送到了深圳红十字会医院。经检查确诊：因出汗太多，疲劳过度，造成了低血钾。

住院后，他的病情继续加重，手臂也不能动了，几乎是全身瘫痪。

经过近 10 天的精心治疗，他奇迹般地康复了。刚能下床，他就闹着出院，软缠硬磨了 3 天，医生们同意提前出院。出于对他的健康负责，医生们在开具的证明书上写道：一年内不能从事高空、高温作业。

就凭这张诊断证明，他完全可以在公司做点后勤或技术管理工作，但他又默默地出现在安装现场。

还有一个很少言语，只知埋头苦干的小伙子，名叫张军，他从事管道安装已有 8 年，练就了一身过硬本领。他虽个头不高，却有一副好筋骨，干什么活都不惜力气，恨不得把满身的劲全使出来。多年来，远离父母在外省施工，家里几次催他成亲，都因为工程吃紧，婚期一拖再拖。

接到公司调令后，他火速回家了却父母心愿，结婚只有 7 天，他毅然离开新婚妻子，急匆匆赶到大亚湾工地。

在穹顶安装管道中，他带领的作业组是全队 10 个作业组里最出色的一个，提前 10 多天完成了施工计划。紧接着，他又承担了更为艰苦的高压冲洗任务。

高压冲洗设备是从德国进口的。流量为每分钟 50 升，全部使用除盐水，而且水压极大。用这么高的水压冲洗管道，在国内堪称第一家。

由于水在管内的冲击摩擦，流出来的回水都是滚烫的。穹顶内本来就闷热得让人窒息，操作者还必须穿上雨衣雨靴。

而且，很多垂直管道是向下敞口，又要求由下向上冲洗，回流的热水像瓢泼一样，劈头盖脸地浇下来。手握高压水枪的张军皮肤被烫得像红萝卜一样。

热水和着汗水灌满了长筒胶靴。每冲完一遍，大伙儿都抢上去帮着脱掉雨衣、雨靴，好让他能够有个喘息的机会。

如果检查不合格，他又得马上披挂上阵，再投入热上加热的战斗。

就这样，470 米的不锈钢管道冲洗了整整 10 天！大家对他的敬佩不亚于对战场上英雄的敬佩。

在这样恶劣的环境下，大家一干就是 50 多天。无怪乎有些为核事业南征北战多年的老工人深有感触地说："我们一辈子流的汗加起来，也没有在穹顶施工中的多！"

从 8 月 5 日开焊第一个口，尹健就全力以赴地扑在工程上。9 个焊工不管在哪个焊位上，他都不止一次地爬来钻去地检查指导。遇到难处理的焊口，他会寸步不离地待上两三个小时，帮着出主意，直到所有焊口焊得完美无缺。

使他难以忘怀的是，在即将开工时，管道队队长陈顺希领着他去见焊接监督法国专家佛尼先生。

这位专家，漫不经心地打量着他，深蓝色的眼睛里闪出一种怀疑的神色。

尹健的心当时就被刺痛了，暗暗憋下一股劲。

当时，焊工们连续干 20 至 30 个小时是常有的事，只要有一个焊工加夜班，他必然到场陪伴，谁劝阻也没用。就因为这一点，他和焊工结下了深厚的友情，到最后，佛尼先生也成了他的好朋友。

如何提高焊接的合格率，是他和焊工议论交流的主要话题。在他小小的笔记本上，记满了各种数据，以及通过一次次实践，总结出的一套中法结合保证质量的焊接经验。

此后，他们加量工程也全部合格，比原计划提前 6 天交付下道工序。尹健虽然更瘦了，但却更成熟了。

争强好胜的吴世军，持有锅炉、压力容器多项焊接证，在公司他以高超的焊接技术而闻名。他干起活来有"拼命三郎"的劲儿，干的活既麻利又漂亮，外出施工的小分队，都抢着争着要他去。

来到大亚湾工地，吴世军凭着深厚的根底，在法方的培训中又勤学苦练，得到法方专家的赏识。

核岛安装的第一个焊口就由吴世军"主刀"。

在中外专家的围观下，只见吴世军手持焊把，用正宗的法国大摇摆法，一气呵成，就这样揭开了核岛安装的序幕。

一天下午，一名焊工把口焊完，就请吴世军帮助检查焊接质量。当时，吴世军正脱掉上衣在拧汗水，他是个急性子，放下工作服，就往管道下面钻，脊背正好碰上了滚烫的焊口。

只听"吱啦"一声，冒起一股白烟，吴世军脊背当下就烫起了一大条子水泡，谁看了都心疼。他却毫不在意，该干啥还干啥。

第二天，他在烫伤处涂了些药，那水泡依然鼓鼓的，就照常穿着工作服认真干活。

在施工进入紧张阶段的一天，吴世军焊完 3 个口已是 21 时多，十几个小时的紧张操劳使他筋疲力尽，但计划要求，还有 3 个口必须在第二天上班前完成。

队长陈顺希带着为难的眼光征求他的意见，不用多说，他和另一名焊工留下了。

这一夜，他俩拼命强撑着，困乏了，就下去用水管冲冲头，在管工密切配合下，他们干得很顺利。

但焊到最后一个焊口时，他累得再也挺不住了，两腿发软、腰发酸，胳膊也抬不起来了，但头脑仍很清醒。

他告诫自己不能倒下，要挺住，并请管工抱着他的腰，扶着他的手臂，焊完最后一个口。

之后，几个人倒地而睡。公司工程经理王尚孚一直在现场指挥生产，他见到这一场面，又是心痛，又是感激。看着几个人睡得那么踏实，那样香甜，对随同的人说："别出声，让他们多睡会儿吧。"

临近完工的关键时刻，吴世军已连续工作20多个小时，第二天5点才躺在床上。可睡了不足3个小时，公司质保经理周爱德把他从梦中叫醒了。

原来，有个焊口返修了两次都没能合格，工期逼人，领导们心急如焚，只能让吴世军来攻这个难关。

吴世军二话没说，穿上湿淋淋的工作服，顾不上洗漱，乘车赶到现场。

这个口谁看了都说难干，又只许一次成功。吴世军赶到现场后，二话不说，接过焊枪就上。

他像制作一件珍贵的艺术品，精雕细刻了一天，终于攻克了这个难关。随后，经过无损探伤检查，质量完全合格。他和领导们都乐了。

管道安装，其他工种全是配合管工，他们还有稍许的休息，而管工就是不停手地干，也很难完成进度计划，只能加班加点。

现场近 30 台磨光机、切割机，作业时扬出的尘埃，同气割、焊接散发的缕缕白烟混为一团。

灰尘落在人的脸上身上，被汗水冲出蚯蚓似的无数黑色的条痕，一个个弄得真是面目全非。他们谁也顾不得这些，只是埋头苦干。

法国管道监督罗夫先生非常敬佩这些能吃大苦的管工，碰上难以达标的活儿，不再指手画脚，哇哇大叫，而是抢过工具亲手干，热心传授安装经验。

管工班班长王俊祥 10 多年来，东奔西走干了一个又一个工程，长期饥一顿饱一顿、冷一口热一口的艰苦生活，使他患上了严重的慢性肠炎。

在穹顶施工中，他不是在这个组帮着安支架，就是在那个组忙着对焊口。拿着图纸核对、检查全班的安装质量，忙得不可开交。

晚上，大家都睡了，他还在灯下看图纸、翻程序、算进度、筹划第二天的任务。

严重的肠疾折磨着他，一天腹泻四五次。繁重的体力劳动需要营养，可他的身体又不敢吃肉，油水大的素菜也不能吃，折腾得他连上架子都很吃力。

大家看到他硬撑的样子，劝他休息两天，哪怕休息半天也好，可他总是婉言谢绝。

在施工中，最让管道队党支部书记头痛的有三件事：

一是劝吃饭。管工们因失汗太多、体力消耗大，很多人端着香喷喷的饭菜却没有食欲，任你横说竖说都吃不下几口。

二是撵负伤、有病的同志去医院。由于工期短、任务重，大家都在争先恐后地拼，恨不得把一天当两天用，就是说破了嘴，谁也不肯离开岗位，只有生拉硬拽，像押战俘一样往医院送。

三是催下班。每次下班时间过了，总有很多人仍在聚精会神地忙碌着，在地面喊是徒劳的，上架子催也不听，只有等他们把活干完才肯收工。

在高标准要求下，管工安装一个支架，组对一个焊口，需要翻来覆去无数次，容不得半点马虎。

质保、质检人员左右不离，法国监督板着面孔，像法官一样不时检查。

为了确保质量，管工也拿起钳工使用的高精度量具时时测量。他们细致得像是安装精密设备，所花费的工时超过正常工艺管道安装的好几倍。

班长于连才是管道技师，从事核工业安装已三十几年，有着丰富的施工经验，面对这段七扭八歪的短管，连他也有些发怵。

但这个东北大汉有一股不认输的犟劲，他和3名管工磨了对，对了量，几十斤的管子搬上搬下，反反复复安装了一天一夜，终于安好了这两对法兰。

经质检人员检查，由于焊接应力作用，尽管误差不大也不予放行。于是，他们不顾疲劳又开始了校正工作。

在周经理这位焊接专家的指导下，几个人默契配合，专心致志地又忙了一昼夜，两对法兰终于合格了。这样，他们也创下了连续工作 47 小时的纪录。

不锈钢管道的外部清洁度要求很高。8 名工人跪着、趴着一寸一寸地擦拭着。就连撒上的汗渍、手摸的印痕都得去掉，连小小的污点也不能留下。

他们围着圆型管道不知擦了多少遍。丙酮的气味呛得人们透不过气来，大家不厌其烦地擦了 9 天，终于验收合格。

几天后，穿顶准备起吊，因吊架需要加固，吊装日期推后。核电合营公司在交工资料中发现，有一个支架与管道的间隙小于 1 毫米。

王尚孚经理得知后，决定重新搭起 8 米多高的脚手架进行检修。

当时的工程现场，管道一圈连一圈，干管穿插、支管交错，如同盘根错节的葡萄架。

在这种情况下修改支架，最关键的是防止污染已经交工的不锈钢管道，如果保护不好将前功尽弃，直接影响吊装期。

5 名工人按照制订的返修方案，瞻前顾后，小心翼翼，几乎是重新安装了这个支架。拆完脚手架已经是早上 8 时，他们撤出不久，穿顶吊装就开始了。

1989 年 9 月 20 日，这是个令人难忘的日子。7 时 30 分，历时 3 天的最终检查通过了。

公司党政工领导全部来到现场，动员大家一鼓作气，连夜拆掉脚手架，提前两天交付吊装。

一声令下，领导们和工人在工长的统一指挥下，开始了紧张的劳动。

拆下的800多片门型架和大量架子管、跳板，用大卡车送还核电建设公司，这样的工作量，大家只用了5个小时就干完了。

零时30分，庆功会在打扫得干干净净又十分空荡的穹顶内开始了，60多人如同置身于宏大的圆形剧场。

大家仰首望着自己用双手装点的一圈圈铮亮的管道，又是兴奋又是心酸，个个感慨不已。

当时，总经理陈孔庆比任何人都激动。这位20世纪50年代初清华大学毕业的高才生，从参加建设我国第一个试验型反应堆起，就把毕生的精力献给了核事业。

想当初，为承揽核岛安装工程，他率领一班人呕心沥血，奔波操劳了3年，与法国专家打过无数次交道，尝尽了酸甜苦辣的味道。

从喷淋系统开始安装，就曾有人怀疑23公司能否按期交工。但眼前的事实，却作出了响亮的回答。

本书主要参考资料

《国史全鉴》本书编委会编 团结出版社

《共和国要事珍闻》郑毅 李冬梅 李梦主编 吉林文
　　史出版社

《中国大决策纪实》黄也平主编 光明日报出版社

《永远的风景线》周咸明 徐维康著 原子能出版社

《大亚湾裂变》罗伟钊编著 海天出版社

《大潮明珠》纪卓如主编 东方出版社

《蓝蓝的大亚湾》何卓琼著 花城出版社